全国物业管理师执业资格考试辅导用书

U0107889

# 物业经营管理
# 考试攻略

■ 王学发　主编

中国电力出版社
www.cepp.com.cn

本书为《全国物业管理师执业资格考试攻略》之二《物业经营管理》。本书分为 12 部分，即物业经营管理概述、房地产投资及其区位选择、房地产投资分析技术、收益性物业价值评估、收益性物业价值评估、房地产市场与市场分析、租赁管理、成本管理、合同与风险管理、财务管理与绩效评价、写字楼物业经营管理、零售商业物业经营管理、物业经营管理的未来发展。

**图书在版编目（CIP）数据**

物业经营管理考试攻略/王学发主编. —北京：中国
电力出版社，2007
全国物业管理师执业资格考试辅导用书
ISBN 978-7-5083-5301-2

Ⅰ．物… Ⅱ．王… Ⅲ．物业管理-资格考核-自
学参考资料 Ⅳ．F293.33

中国版本图书馆 CIP 数据核字（2007）第 011676 号

中国电力出版社出版发行
北京三里河路 6 号 100044 http://www.cepp.com.cn
责任编辑：梁 瑶 责任印制：陈焊彬 责任校对：刘振英
航远印刷有限公司印刷·各地新华书店经售
2007 年 3 月第 1 版·第 1 次印刷
787mm×1092mm 1/16·9.25 印张·214 千字
定价：**20.00** 元

# 前　言

　　全国物业管理师执业资格考试 2007 年将首次举行，这是物业管理行业的一件大事。由于是第一年物业管理师执业资格考试，广大考生对于考试的题型还难以把握，特别需要有一本有针对性的且带有练习和把握考试重点的辅导用书。针对这种情况，经过反复研究讨论，终于完成了这套针对性强、重点突出的考试辅导用书。这套辅导用书是经过了仔细的市场研究，在总结作者的历年相关专业的考试辅导经验和相关专业执业资格考试的命题经验的基础上完成的。本书对考试教材中的考点内容进行了全面系统的分析整合，全部以习题方式出现，并在需要加注的地方给出了相应的注释，将每本几十万字的内容通过习题方式展示出来以帮助大家备考，便于考生迅速适应考试形式，配合例题讲解掌握应试技巧，在最短时间内有针对性地进行复习备考，最大限度地帮助考生顺利通过考试，真正做到考前有的放矢、考时游刃有余、考后胸有成竹。

　　这套辅导用书按照指导用书分为四册，物业管理基本制度与政策、物业管理实务、物业管理综合能力、物业经营管理，每章都基本按照"考试要点"、"重点内容"，每节均按照"本节要点"、"复习题解"的结构编写；并在需要注解的习题后面给与了必要的说明。

　　本套辅导用书通过对各部分内容的高度提炼，所给出的习题包括单项选择题、多项选择题、综合分析题或问答题，其中单项选择题和多项选择题严格按照命题的要求完成，纯粹为仿真练习，为了将各种考点囊括其中，一些需要掌握的内容以问答形式给出，从而加强了本套辅导用书的内容完整性。本套辅导用书是对考试内容的高度提炼，为广大考生备考提供了良好的复习素材，希望通过本书的阅读能帮助广大考生顺利通过全国物业管理师执业资格考试。

编　者

# 目 录

# 第一章　物业经营管理概述

## 考试要点

本部分的考试目的是测试应考人员对物业经营管理及其管理对象和工作内容等知识的熟悉程度。

掌握：物业经营管理的内容，收益性物业的类型及特点，物业经营管理的层次及各层次之间的相互关系。

熟悉：物业经营管理的战略性工作内容和常规工作内容。

了解：物业经营管理和传统物业管理的异同和相互关系。

## 重点内容

1. 物业经营管理的性质和管理对象
2. 物业经营管理的目标
3. 管理型物业管理企业、专业型物业管理企业、综合型物业管理企业的区别
4. 物业经营管理的类别
5. 物业经营管理的工作内容

## 第一节　物业经营管理的概念

## 本节要点

物业经营管理的内涵、物业经营管理活动的管理对象；写字楼、零售商业物业的类型；出租型别墅和公寓及工业物业的类型；酒店和休闲娱乐设施的差别表现；无恶意经营管理服务的目标；物业经营管理企业的性质和类型。

## 复习题解

### 一、单项选择题

1. 物业经营管理的对象是（　　）。

A. 收益性物业　　　　　　　　　B. 住宅物业

C. 综合性物业　　　　　　　　　D. 工业物业

【答案】　A

【解析】　物业经营管理又称物业资产管理，是指为了满足业主的目标，综合利用物业管理、设施管理、房地产资产管理、房地产组合投资管理的技术、手段和模式，以收益性物业为对象，为业主提供的贯穿于物业整个寿命周期的综合性管理服务。

2. 物业经营管理强调为业主提供（　　　）。

A. 维修服务           B. 维护服务

C. 安全服务           D. 价值管理服务

【答案】 D

【解析】 物业经营管理突破了传统物业管理活动仅局限于"对房屋及配套的设施设备和相关场地进行维修、养护、管理"的局限，强调为业主提供价值管理服务，满足其物业投资收益或企业发展战略及主营业务发展目标的需求。物业经营管理活动既包括以保证物业正常使用的运行操作管理，也包括了将物业作为一种收益性资产所进行的资本投资决策、市场营销、租赁管理、成本控制、物业价值和经营绩效评估等经营活动。

3. 收益性物业是房地产信托基金和机构进行商业房地产投资的（     ）。

A. 载体      B. 对象      C. 基础      D. 媒介

【答案】 A

4. 以下写字楼中，能够很容易区别的是（     ）。

A. 甲级写字楼和乙级写字楼        B. 乙级写字楼和丙级写字楼

C. 甲级写字楼和丙级写字楼        D. 甲级写字楼、乙级写字楼和丙级写字楼

【答案】 C

5. 以下写字楼中，最不容易区别的是（     ）。

A. 甲级写字楼和乙级写字楼        B. 乙级写字楼和丙级写字楼

C. 甲级写字楼和丙级写字楼        D. 甲级写字楼、乙级写字楼和丙级写字楼

【答案】 A

【解析】 写字楼分类在很大程度上依赖于专业人员的主观判断。人们很容易区别甲级写字楼和丙级写字楼，但如果要区别甲级和乙级写字楼就比较困难。实践中，人们常从租户在寻租或续租写字楼时考虑的因素出发，通过判别写字楼的吸引力，来对写字楼进行分类。从这个角度出发，对写字楼分类一般要考虑以下 12 个因素：所处的位置、交通方便性、声望或形象、建筑形式、大堂、电梯、走廊、室内空间布置、为租户提供的服务、建筑设备系统、物业管理水平和租户类型。

6. 由于使用年限较长，建筑物在某些方面已不能满足新的建筑条例或规范的要求，存在明显的实物磨损和功能折旧，但仍能满足低收入租户的需求并能与其支付能力相适应的写字楼物业为（     ）级写字楼。

A. 甲       B. 乙       C. 丙       D. 丁

【答案】 C

7. 写字楼分类在很大程度上依赖于（     ）。

A. 国家标准界定           B. 专业人员的主观判断

C. 业主的命名            D. 地方标准的界定

【答案】 B

8. 被称为 Shopping Mall 的商业物业的建筑面积在（     ）万 $m^2$ 以上。

A. 3       B. 5       C. 10       D. 20

【答案】 C

9. 区域购物中心的有效服务半径可达（     ）km。

A. 2       B. 10       C. 50       D. 200

【答案】 D

10. 市级购物中心的建筑规模一般在（    ）万 m² 以上。

A. 3　　　　　　B. 5　　　　　　C. 10　　　　　　D. 20

【答案】 A

11. 市级购物中心的服务人口一般在（    ）万人以上。

A. 10　　　　　　B. 20　　　　　　C. 30　　　　　　D. 50

【答案】 C

12. 市级购物中心的年营业额一般在（    ）亿元以上。

A. 3　　　　　　B. 5　　　　　　C. 10　　　　　　D. 20

【答案】 B

13. 地区购物商场的建筑规模一般在（    ）万 m² 之间。

A. 1～3　　　　　B. 3～5　　　　　C. 5～10　　　　　D. 10～20

【答案】 A

14. 地区购物商场的服务人口一般在（    ）万人之间。

A. 5～10　　　　B. 10～30　　　　C. 30～50　　　　D. 50～100

【答案】 B

15. 地区购物商场的年营业额一般在（    ）亿元人民币之间。

A. 1～5　　　　　B. 5～10　　　　　C. 10～20　　　　D. 20～50

【答案】 A

16. 居住区商场的建筑规模一般在（    ）万 m² 之间。

A. 0.3～1　　　B. 1～3　　　　　C. 3～5　　　　　D. 5～10

【答案】 A

17. 居住区商场的年营业额一般在（    ）万元之间。

A. 500～1000　　　　　　　　　　B. 1000～3000

C. 3000～10000　　　　　　　　　D. 10000～30000

【答案】 C

18. 从业主的角度出发，物业经营管理服务等额目标之一是持续满足租户正常空间使用需求，这需要在物业（    ）周期内。

A. 自然寿命的全寿命　　　　　　　B. 物理寿命的全寿命

C. 经济寿命的全寿命　　　　　　　D. 实际寿命的全寿命

【答案】 C

19. 从业主的角度出发，物业经营管理服务等额目标之一是保持和提高物业的市场价值以及未来发展潜力，需要在实现物业各期（    ）的基础上。

A. 收入最大化　　　　　　　　　　B. 利润总额最大化

C. 净收益最大化　　　　　　　　　D. 成本最小化

【答案】 C

20. 物业管理企业以公司形式存在，股东人数最少为（    ）个。

A. 1　　　　　　B. 2　　　　　　C. 3　　　　　　D. 5

【答案】 B

21. 物业管理企业划分的类型有（　　　）。

A. 管理型、专业型、混合型　　　　　B. 管理型、综合型、成本型

C. 专业型、混合型、综合型　　　　　D. 管理型、专业型、综合型

【答案】　D

22. 物业管理企业的性质与物业经营管理工作的（　　　）密切相关。

A. 性质　　　　　B. 内容　　　　　C. 形式　　　　　D. 特征

【答案】　A

23. 从管理的层次上，物业管理企业的管理可分为的层次是（　　　）。

A. 现场作业、公司管理、现场管理　　B. 现场管理、现场作业、公司管理

C. 公司管理、现场作业、现场管理　　D. 公司管理、现场管理、现场作业

【答案】　D

二、多项选择题

1. 物业经营管理利用的技术、手段和模式包括（　　　）。

A. 综合物业管理　　　　　　　　　　B. 设施管理

C. 房地产资产管理　　　　　　　　　D. 房地产组合投资管理

E. 物业维修

【答案】　ABCD

2. 物业经营管理活动除了包括保证物业正常使用的运作操作管理外，还包括将物业作为一种收益性资产所进行的（　　　）。

A. 资本投资决策　　　　　　　　　　B. 市场营销

C. 租赁管理、成本管理　　　　　　　D. 物业价值和经营绩效评估

E. 业主行为管理

【答案】　ABCD

3. 物业经营管理是随着市场需求的变化不断拓展、交叉和融合，其内容有（　　　）。

A. 物业管理　　　　　　　　　　　　B. 设施管理

C. 房地产资产管理　　　　　　　　　D. 装饰装修管理

E. 房地产组合投资管理

【答案】　ABCE

4. 以下属于收益性物业的有（　　　）。

A. 自用普通住宅　　　　　　　　　　B. 出租型别墅或公寓

C. 写字楼、商业零售物业　　　　　　D. 公共物业

E. 酒店和休闲娱乐设施

【答案】　BCDE

【解析】　物业经营管理活动的管理对象通常为收益性物业，主要包括写字楼、零售商业物业、出租型别墅或公寓、工业物业、酒店和休闲娱乐设施等。这些收益性物业通常出租给租户（又称租客、承租人）使用，可获得经常性租金收益，是房地产投资信托基金和机构投资者进行商业房地产投资的主要物质载体。

5. 写字楼包括（　　　）。

A. 企业自用写字楼　　　　　　　　　B. 出租写字楼

C. 自用出租混合型写字楼　　　　　　D. 酒店

E. 公寓

【答案】 ABC

6. 甲级写字楼的标准一般包括（　　　）。

A. 具有优越的地理位置和交通环境

B. 建筑物物理状况优良，建筑质量远远超过有关建筑条例或规范的要求

C. 收益能力能与新建成的写字楼建筑媲美

D. 有完善的物业管理服务，包括 24 小时的维护、维修及保安服务

E. 建筑物物理状况优良，建筑质量达到或超过有关建筑条例或规范的要求

【答案】 ABCE

7. 对写字楼分类一般要考虑的因素包括（　　　）。

A. 所处的位置、交通方便性、声望或形象

B. 建筑形式、大堂、电梯、走廊

C. 室内空间布置、为租户提供的服务

D. 建筑设备系统、物业管理水平和租户类型

E. 服务的公司类型、行业声望和服务的社会认知度

【答案】 ABCD

8. 零售物业的分类主要依据的是（　　　）。

A. 经营管理企业的声誉　　　　　　　B. 建筑规模

C. 经营商品的特点　　　　　　　　　D. 商业辐射区域

E. 经营方式

【答案】 BCD

9. 区域购物中心所包含的内容比较广泛的表现主要在于（　　　）。

A. 区域购物中心是各类商家简单的集合　B. 在服务设施上体现为完整性

C. 在经营管理上表现为一致性　　　　D. 在服务功能上表现为复合性

E. 在服务范围上面向商圈内所有居民

【答案】 BCDE

10. 居住区商场内的主要租户通常是（　　　）。

A. 自行车行　　　　　　　　　　　　B. 日用百货商店

C. 超级市场　　　　　　　　　　　　D. 普通礼品店、音像制品出租屋

E. 装饰材料商店、药店

【答案】 BC

11. 居住区商场的次要租户通常是（　　　）。

A. 自行车行　　　　　　　　　　　　B. 日用百货商店

C. 超级市场　　　　　　　　　　　　D. 普通礼品店、音像制品出租屋

E. 装饰材料商店、药店

【答案】 ADE

12. 用于出租经营的居住建筑主要是（　　　）。

A. 职工宿舍　　　　　　　　　　　　B. 普通住宅

C. 别墅        D. 公寓

E. 度假村

【答案】 CD

13. 酒店和休闲娱乐设施包括 (　　)。

A. 酒店        B. 休闲度假中心、康体中心

C. 赛马场        D. 公寓、别墅

E. 高尔夫球场

【答案】 ABCE

14. 以下关于酒店和休闲娱乐设施的说法中，正确的有 (　　)。

A. 酒店的服务对象主要是商务和观光客人，而旅游度假村的服务对象则是以休闲、娱乐、保健为目的的度假旅游者、培训人员或会议客人

B. 酒店通常位于市中心或其他交通便利的地方，而旅游度假村则大多位于滨海、山地、湖泊、温泉等自然风景秀丽的度假胜地

C. 酒店的服务以住宿、餐饮和商务功能为主，康体、娱乐功能为辅。而旅游度假村则以康体、休闲、娱乐功能为主，餐饮、住宿功能为辅，只提供基本的商务服务

D. 酒店追求的星级标准的豪华气派、富丽堂皇，强调与都市风格相匹配，而旅游度假村的设计大多采用田园式、民居式或别墅式的建筑风格，强调与大自然融为一体，追求淳朴简洁、清新淡雅、就地取材

E. 酒店和休闲娱乐设施同属于一个大类，在软硬件设施和运营管理模式方面是相同的

【答案】 ABCD

【解析】 酒店与休闲娱乐设施的差别主要表现在：

(1) 服务对象不同。酒店的服务对象主要是商务和观光客人，而旅游度假村的服务对象则是以休闲、娱乐、保健为目的的度假旅游者、培训人员或会议客人。

(2) 地理位置不同。酒店通常位于市中心或其他交通便利的地方，而旅游度假村则大多位于滨海、山地、湖泊、温泉等自然风景秀丽的度假胜地。

(3) 服务内容不同。酒店的服务以住宿、餐饮和商务功能为主，康体、娱乐功能为辅。而旅游度假村则以康体、休闲、娱乐功能为主，餐饮、住宿功能为辅，只提供基本的商务服务。

(4) 建筑设计和装潢风格不同。酒店追求的星级标准的豪华气派、富丽堂皇，强调与都市风格相匹配，而旅游度假村的设计大多采用田园式、民居式或别墅式的建筑风格，强调与大自然融为一体，追求淳朴简洁、清新淡雅、就地取材。

15. 中国人的别墅概念有 (　　)。

A. 独栋别墅        B. 联排别墅

C. 叠层别墅、叠加别墅        D. 双拼别墅、空中别墅

E. 公寓别墅

【答案】 ABCD

16. 公寓的具体类型有 (　　)。

A. 独栋公寓        B. 双拼公寓

C. 复式公寓        D. 花园公寓

E. 单间公寓

【答案】　CDE

17. 以下属于工业物业的有（　　　）。

A. 仓储用房　　　　　　　　　　B. 高新技术产业用房

C. 研究与发展用房　　　　　　　D. 工业厂房

E. 写字楼物业

【答案】　ABCD

18. 用于出租经营的工业物业常常出现在的地方有（　　　）。

A. 工业开发区　　　　　　　　　B. 工业园区

C. 科技园区　　　　　　　　　　D. 高新技术产业园区

E. 示范农业区

【答案】　ABCD

19. 以下关于物业管理企业的说法中，正确的有（　　　）。

A. 管理型物业管理企业是具有策略性物业管理能力的企业，在物业管理活动中处在总包的位置

B. 物业管理企业是服务性单位，不是经营性企业组织

C. 专业型物业管理企业是具有物业运行过程中某种专业管理能力的企业，通常以分包形式，也以直接接收业主委托的形式，在成本、绩效获成本加绩效合同的基础上获得物业管理服务

D. 现代物业管理企业完全按照自主经营、自负盈亏、自我约束、自我发展的机制运作

E. 综合型物业管理企业是同时具有物业策略管理和物业运行管理能力的企业

【答案】　ABDE

【解析】　物业管理企业以公司的形式存在。公司是指依法定程序设立的，由两个以上股东共同出资经营，以营利为目的，具有法人资格的经济组织。可以看出，作为公司，一般应具有以下五个特征：①依照有关法律进行登记注册；②由两个以上股东共同出资经营；③以营利为目的；④具有法人资格；⑤是经济组织。

物业管理企业的性质是与物业经营管理工作的性质密切相关。物业经营管理属于服务性行业，同时又是经营性行为，因此，物业管理企业既是服务性单位，又是经营性企业组织。现代物业管理企业完全按照自主经营、自负盈亏、自我约束、自我发展的机制来运作，靠提供经营管理服务获得报酬，取得盈利。

物业管理企业划分为管理型、专业型和综合型三种。

鉴于物业管理企业通常要对多个地点的多个物业同时实施管理，因此从管理的层次上，又可以分为公司管理、现场管理和现场作业三个层次。管理型和综合型物业管理企业，也能为业主提供物业管理顾问、咨询服务。

20. 管理型物业管理企业的工作重点在于（　　　）。

A. 物业管理工作的规划与计划

B. 物业市场营销与租赁管理、专业物业管理服务采购与分包商管理

C. 预算与成本管理

D. 现金流管理、绩效评价和客户关系管理

E. 建筑设备设施的维护保养、建筑维护与维修、环境绿化、停车场管理

【答案】　ABCD

# 第二节　物业经营管理的层次和工作内容

**本节要点**

物业经营管理的层次及不同层次之间的关系；物业经营管理中的战略性工作和常规工作内容；物业管理、设施管理、房地产资产管理和房地产投资组合管理的概念和内容。

**复习题解**

**一、单项选择题**

1. 以下物业经营管理内容中，以运行管理为主的是（　　）。

A. 物业管理和设施管理　　　　　　　　　B. 物业管理和房地产资产管理

C. 房地产资产管理和房地产投资组合管理　　D. 房地产投资组合管理和设施管理

【答案】　A

2. 以下物业经营管理的内容中，以策略性管理为主的是（　　）。

A. 物业管理和设施管理　　　　　　　　　B. 物业管理和房地产资产管理

C. 房地产资产管理和房地产投资组合管理　　D. 房地产投资组合管理和设施管理

【答案】　C

3. 物业经营管理的内容与业主持有物业的（　　）密切相关。

A. 性质　　　　　　　B. 内容　　　　　　　C. 形式　　　　　　　D. 目的

【答案】　D

【解析】　物业经营管理的内容与物业类型和业主持有物业的目的密切相关，通常将其分为物业管理或设施管理、房地产资产管理和房地产组合投资管理三个层次。其中，物业管理或设施管理以运行管理为主，房地产资产管理和房地产投资组合管理以策略性管理为主。

房地产投资的利润是通过三种基本途径创造出来的：一是在极好的条件下购买物业（从开发商或原业主手中）；二是在持有期间以现金流量的现值最大化为目标来经营物业；三是在合适的时机售出物业。物业经营管理公司代表个人投资者或机构投资者来促使这三个目标的实现，实际上就是以物业业主的角色在工作。

4. 通过房地产资产管理实现的目标是使这些物业在所处的房地产子市场内（　　）。

A. 价值最大化　　　　　　　　　　　　　B. 收入最大化

C. 成本最小化　　　　　　　　　　　　　D. 风险最小化

【答案】　A

5. 物业管理和设施管理定位的管理层面是（　　）。

A. 现场管理层面　　　　　　　　　　　　B. 现场操作层面

C. 公司管理层面　　　　　　　　　　　　D. 专业管理层面

【答案】　B

6. 房地产资产管理一般管理物业的分类原则是（　　）。

A. 物业类型　　　　　　　　　　　　　B. 地理位置

C. 物业类型或地理位置　　　　　　　　D. 物业类型地理位置，或两者结合起来

【答案】　D

【解析】　物业管理或设施管理定位在现场操作层面的管理，其主要作用是为租户提供及时的服务和保证物业的持续收入和现金流。资产管理通常不在现场，它们通常负责几处不同的物业。资产管理一般按照物业类型、地理位置或两者结合起来的分类原则来管理物业。

7. 房地产组合投资管理公司详细制定和执行的一个投资组合战略的基础是以（　　）为特征的。

A. 投资者的目标　　　　　　　　　　　B. 投资者的风险

C. 投资者的回报　　　　　　　　　　　D. 投资者的目标和风险回报

【答案】　D

8. 资产组合的风险将低于（　　）的风险。

A. 各个组成部分的平均风险　　　　　　B. 各个组成部分的最高风险

C. 各个组成部分的最低风险　　　　　　D. 各个组成部分的加权风险

【答案】　D

9. 在一定收益水平上具有最小风险的资产组合被认为是有效的，代表这种资产组合的点可以组成一个曲线叫做（　　）。

A. 风险收益曲线　　　　　　　　　　　B. 收益风险曲线

C. 有效收益曲线　　　　　　　　　　　D. 有效边界曲线

【答案】　D

10. 资产管理的主要内容本质上就是对（　　）的控制。

A. 价值　　　　　　　　　　　　　　　B. 成本

C. 收益　　　　　　　　　　　　　　　D. 成本和收益

【答案】　D

11. 资产管理的主要内容主要包括（　　）。

A. 物业物理形态的管理　　　　　　　　B. 财务状况的管理

C. 物业物理形态或财务状况的管理　　　D. 物业物理形态和财务状况的管理

【答案】　D

12. 资产管理公司聘用、解聘和调配物业管理企业主要是通过监控物业的（　　）。

A. 增值潜力　　　　　　　　　　　　　B. 实际增值

C. 运行绩效　　　　　　　　　　　　　D. 战略计划

【答案】　C

13. 房地产投资组合管理详细制定和执行一个投资组合战略的基础是（　　）。

A. 经营者的成本目标和利润目标　　　　B. 投资者的目标和风险汇报参数特征

C. 管理对象的运行状况　　　　　　　　D. 服务客户的需求

【答案】　B

14. 从本质上讲，资产管理就是控制（　　）。

A. 成本　　　　　　　　　　　　　　　B. 收益

C. 利润 D. 成本和收益

【答案】 D

二、多项选择题

1. 对于收益型物业或大型非房地产企业拥有的物业物业管理的工作包括（　　）。

A. 日常物业管理 B. 资产管理

C. 资产组合投资管理 D. 政府行政管理

E. 业主纠纷协调管理

【答案】 ABC

2. 设施管理的对象主要是（　　）。

A. 住宅小区物业 B. 高新技术企业用房

C. 医院、科研教学设施 D. 政府和办公楼物业

E. 大型公共文体设施

【答案】 BCDE

3. 房地产资产管理公司负责管理的是（　　）。

A. 业主委员会 B. 业主

C. 物业管理企业 D. 设施管理公司

E. 物业

【答案】 CD

4. 良好的房地产管理具有的重要意义有（　　）。

A. 提高员工的素质

B. 创造一个有益于员工健康的高效生产办公环境

C. 保持房地产价值

D. 降低房地产使用成本

E. 配合机构发展战略的实现

【答案】 BCDE

5. 以下属于物业管理主要的职责有（　　）。

A. 物业更新改造等主要开支决策 B. 保持与租户的联系、收租

C. 控制运营成本、资本性支出计划物业维护 D. 财务报告和记录的保存

E. 危机管理、安全管理、公共关系

【答案】 BCDE

6. 以下属于资产管理的主要职责包括（　　）。

A. 监督购置、处置、资产管理和再投资决策

B. 制定物业发展战略计划，管理和评价物业管理企业

C. 协调物业管理的租户关系工作，定期进行资产的投资分析和运营状况分析

D. 持有、投资分析，监控物业绩效

E. 物业更新改造等主要开支决策

【答案】 BCDE

7. 以下属于房地产组合投资主要职责的是（　　）。

A. 负责策略资产的配置和衍生工具的应用

B. 监督购置、处置、资产管理和再投资决策

C. 制定投资组合目标和投资准则，制定并执行组合投资战略

D. 设计和调整物业资产组合的资本结构，负责投资组合的绩效，客户报告与现金管理

E. 安全管理、物业维护

【答案】　ABCD

8. 资产投资者确定的在不同市场条件下的投资标准包括（　　）。

A. 现金流　　　　　　　　　　B. 租金波动

C. 毛收入　　　　　　　　　　D. 成本

E. 基于市场交易的收益变化

【答案】　ABE

9. 决定投资决策的关键因素主要是（　　）。

A. 目标收益　　　　　　　　　B. 预期收益

C. 现实收益　　　　　　　　　D. 风险水平

E. 成本水平

【答案】　BD

# 第二章　房地产投资及其区位选择

**考试要点**

本部分的考试目的是测试应考人员对房地产投资、房地产投资风险等内容的熟悉程度。

掌握：房地产投资及其特性，房地产直接投资和间接投资的区别与联系。

熟悉：房地产投资的形式及利弊，房地产投资风险的种类，房地产区位的内容。

了解：不同类型房地产投资项目对区位的特殊要求。

**重点内容**

1. 房地产投资的目的与内容
2. 房地产直接投资的内容
3. 房地产开发投资的内容
4. 房地产投资信托基金运作方式
5. 房地产投资的主要特征及利弊
6. 房地产投资市场风险和非市场风险的区别
7. 狭义的区位与广义的区位的区别

## 第一节　房地产投资

**本节要点**

房地产投资的概念、房地产投资的目的；房地产投资的形式；房地产直接投资和间接投资的概念、类型和特征；房地产投资的特性；房地产投资的利弊。

**复习题解**

### 一、单项选择题

1. 投资者投资房地产的主要目的是为了使其（　　）。

A. 生活最舒适化　　　　　　　　　　B. 财富最大化

C. 风险最小化　　　　　　　　　　　D. 当前收益最大化

【答案】 B

2. 房地产投资的目的是以获得（　　）为目的。

A. 当前房地产资产收益　　　　　　　B. 现实房地产资产收益

C. 未来房地产资产收益　　　　　　　D. 未来房地产资产收益或增值

【答案】 D

【解析】 房地产投资是指以获得未来的房地产资产收益或增值为目的，预先垫付一定数量的货币或实物，直接或间接地从事或参与房地产开发经营活动的经济行为。

投资者进行房地产投资的主要目的，是为了使其财富最大化。通过进行房地产投资，投资者可以获得作为房地产业主的荣誉、获得较高的收益和资本增值，还可以降低其投资组合的总体风险、抵抑通货膨胀的影响。

3. 以下属于房地产直接投资的是（　　　）。

A. 购买开发房地产企业的债券　　　　B. 购买房地产投资信托基金的股份

C. 购买房地产抵押支持证券　　　　　D. 购买土地开发

【答案】　D

4. 以下属于房地产直接投资的是（　　　）。

A. 购买建成后的物业　　　　　　　　B. 购买房地产投资企业的股票

C. 购买 REITs 的股份　　　　　　　D. 购买 MBS

【答案】　A

【解析】　房地产投资分为直接投资和间接投资。直接投资是指投资者直接参与房地产开发或购买过程，参与有关管理工作。直接投资又可分为从购地开始的开发投资和面向建成物业的置业投资两种形式。开发投资者主要是赚取开发利润，其风险较大但回报丰厚；置业投资者则从长期投资的角度出发，希望获得收益、保值、增值和消费四个方面的利益。

间接投资主要是指将资金投入与房地产相关的证券市场的行为，间接投资者不直接参与房地产经营管理工作。房地产间接投资的具体形式包括：购买房地产开发、投资企业的债券、股票，购买房地产投资信托基金（REITs）的股份或房地产抵押支持证券（MBS）等。

5. 房地产开发投资者主要是（　　　）。

A. 赚取开发利润　　　　B. 获得收益　　　　C. 获得保值、增值　　　　D. 获得消费

【答案】　A

6. 以下关于房地产开发投资和房地产置业投资的说法中，正确的有（　　　）。

A. 置业投资者从短期投资的角度出发，希望获得收益、保值、增值和消费四个方面的利益

B. 开发投资者主要是赚取开发利润，其风险小但回报丰厚

C. 开发投资者主要是赚取开发利润，其风险较大但回报小

D. 置业投资者从长期投资的角度出发，希望获得收益、保值、增值和消费四个方面的利益

【答案】　D

7. 房地产开发投资通常属于（　　　）。

A. 置业投资　　　　B. 间接投资　　　　C. 短期投资　　　　D. 长期投资

【答案】　C

8. 张某购买了某上市房地产开发公司的股票，则张某称为了一个（　　　）投资者。

A. 房地产开发　　　　B. 房地产置业　　　　C. 房地产间接　　　　D. 房地产直接

【答案】　C

9. REITs 的投资收益主要来源是（　　　）。

A. 房地产开发收益　　　　　　　　　B. 其所拥有物业的经常性租金收入

C. 房地产投资买卖差价　　　　　　　D. 房地产股票收益

【答案】　B

10. REITs 将其收入现金流的主要部分分配给作为投资者的股东，而本身仅起到的作用

是（　　）。

    A. 投资代理　　　　　B. 投资策划　　　　　C. 投资咨询　　　　　D. 投资经纪

【答案】　A

11. 要求房地产所处的区位必须对开发商、置业投资者和租户都具有吸引力的房地产的特性是房地产的（　　）。

    A. 位置固定性　　　　B. 适应性　　　　　　C. 各异性　　　　　　D. 相互影响性

【答案】　B

12. 房地产的经济寿命与其（　　）有关。

    A. 使用性质　　　　　B. 税法的规定　　　　C. 使用者的素质　　　D. 周边环境

【答案】　A

13. 一般来说，公寓、酒店、剧院的经济寿命是（　　）年。

    A. 20　　　　　　　　B. 25　　　　　　　　C. 30　　　　　　　　D. 40

【答案】　D

14. 城市快速铁路的修通，使沿线房地产大幅升值，是房地产的（　　）的体现。

    A. 位置不可移动性　　　　　　　　　　　B. 互相影响性

    C. 政策影响性　　　　　　　　　　　　　D. 适应性

【答案】　B

15. 置业投资者能够容忍较低投资回报率的原因，是房地产投资具有（　　）的优点。

    A. 易于获得金融机构支持　　　　　　　　B. 能抵消通货膨胀影响

    C. 能够得到税收方面好处　　　　　　　　D. 能提高投资者资信等级

【答案】　B

二、多项选择题

1. 房地产置业投资的目的有（　　）。

    A. 自用　　　　　　　　　　　　　　　　B. 投机

    C. 获得较为稳定的经常性收入　　　　　　D. 显示身份

    E. 赚取利润

【答案】　AC

【解析】　房地产置业投资的目的一般有两个：一是满足自身生活居住或生产经营的需要，即自用；二是作为投资将购入的物业出租给最终使用者，获取较为稳定的经常性收入。这种投资的另一个特点是在投资者不愿意继续持有该项物业资产时，可以将其转售给其他置业投资者，并获取转售收益。

2. 投资者将资金投入 REITs 的优点主要有（　　）。

    A. 收益相对稳定

    B. 投资的流动性较好，投资者很容易将持有的股份转换为现金

    C. 解决了房地产开发所需的资本金投入问题

    D. 赚取开发利润，其风险较大但回报丰厚

    E. 从长期投资的角度出发，可以获得收益、保值、增值和消费四个方面的利益

【答案】　AB

【解析】　房地产投资信托基金（REITs），是购买、开发、管理和出售房地产资产的公

司。投资者将资金投入 REITs 有很多优点：第一，收益相对稳定，因为 REITs 的投资收益主要来源于其所拥有物业的经常性租金收入；第二，REITs 投资的流动性较好，投资者很容易将持有的 REITs 股份转换为现金，因为 REITs 股份可在证券交易所交易，这就使得买卖 REITs 的资产或股份比在市场上买卖房地产更容易。按资产投资的类型划分，房地产投资信托公司分为权益型、抵押型和混合型三种形式。

3. 房地产投资信托公司按房地产投资的类型划分的类型有（　　）。

A. 权益型　　　　　　　　　　　　B. 抵押型

C. 固定型　　　　　　　　　　　　D. 单一型

E. 混合型

【答案】 ABE

4. 以下属于大型机构投资者的有（　　）。

A. 退休基金和慈善基金　　　　　　B. 大型房地产公司

C. 保险公司　　　　　　　　　　　D. 银行信托部门

E. 共同基金

【答案】 ACDE

5. 住房抵押贷款证券化的担保机构可以是（　　）。

A. 政府　　　　　　　　　　　　　B. 银行

C. 保险公司　　　　　　　　　　　D. 担保公司

E. 房地产产权登记机关

【答案】 ABCD

6. 以下关于房地产寿命的说法中，正确的有（　　）。

A. 房地产寿命可以分为经济寿命和自然寿命，自然寿命一般要比经济寿命长得多

B. 经济寿命是指在正常市场和运营状态下，房地产的经营收益大于其运营成本，即净收益大于零的持续时间

C. 自然寿命是指房地产从地上建筑物建成投入使用开始，直至建筑物由于主要结构构件和设备的自然老化或损坏，不能继续保证安全使用的持续时间

D. 房地产的自然寿命与其使用性质相关

E. 税法中规定的有关固定资产投资回收或折旧年限，往往是根据国家的税收政策确定的，不一定和房地产的经济寿命或自然寿命相同

【答案】 ABCE

【解析】 房地产寿命可以区分为经济寿命和自然寿命。经济寿命是指在正常市场和运营状态下，房地产的经营收益大于其运营成本，即净收益大于零的持续时间；自然寿命是指房地产从地上建筑物建成投入使用开始，直至建筑物由于主要结构构件和设备的自然老化或损坏，不能继续保证安全使用的持续时间。自然寿命一般要比经济寿命长得多。

7. 一般来说，关于房地产经济寿命的说法中，正确的是（　　）。

A. 乡村建筑的经济寿命是 25 年

B. 公寓、酒店、剧院建筑的经济寿命是 35 年

C. 仓储用房的经济寿命是 60 年

D. 银行、零售商业用房的经济寿命是 50 年

E. 工业厂房、普通住宅、写字楼的经济寿命是 45 年

【答案】 ACDE

【解析】 国外的研究表明，房地产的经济寿命与其使用性质相关。一般来说，公寓、酒店、剧院建筑的经济寿命是 40 年，工业厂房、普通住宅、写字楼的经济寿命是 45 年，银行、零售商业用房的经济寿命是 50 年，仓储用房的经济寿命是 60 年，乡村建筑的经济寿命是 25 年。应该指出的是，税法中规定的有关固定资产投资回收或折旧年限，往往是根据国家的税收政策确定的，不一定和房地产的经济寿命或自然寿命相同。

8. 房地产投资除了具有相对较高的收益水平外，所具有的其他优点有（　　）。

A. 能够带来税收方面的好处　　　　　　B. 易于获得金融机构的支持

C. 能够抵消通货膨胀的影响　　　　　　D. 提高投资者的资信等级

E. 房地产是一种流动性强的资产

【答案】 ABCD

9. 置业投资的所得税是以毛租金收入扣除（　　）后的净运营收益为基数以固定税率征收的。

A. 运营成本　　　　　　　　　　　　　B. 净利润

C. 贷款利息　　　　　　　　　　　　　D. 建筑物折旧

E. 建筑物估值损失

【答案】 ACD

10. 房地产投资的缺点突出表现在（　　）。

A. 流动性差　　　　　　　　　　　　　B. 投资数额巨大

C. 投资回收期长　　　　　　　　　　　D. 需要专门的知识和经验

E. 收益性差

【答案】 ABCD

### 三、简答题

房地产投资有哪些特性？

【解析】 房地产投资的特性有：位置固定性或不可移动性；寿命周期长；适应性；各异性；政策影响性；专业管理依赖性；互相影响性。

# 第二节 房地产投资的风险

**本节要点**

房地产投资风险的基本概念；系统风险和个别风险的类型；通货膨胀风险、市场供求风险、周期风险、变现风险、利率风险、政策风险、政治风险和或然损失的概念；收益现金流风险、未来经营费用风险、资本价值风险、比较风险、持有期风险的概念；风险对房地产投资决策的影响。

**复习题解**

### 一、单项选择题

1. 物业甲 2005 年末价值为 1000 万元，预计 2006 年末价值为 1100 万元的可能性为

50%、为 900 万元的可能性为 50%，则 2006 年该物业价值的标准方差为 10%；物业乙 2005 年末价值为 1000 万元，2006 年末价值为 1200 万元的可能性均是 50%、为 800 万元的可能性为 50%，则 2006 年该物业价值的标准方差为 20%。因此，可以推断（　　）。

A. 物业乙的投资风险等于物业甲的投资风险

B. 物业乙的投资风险小于物业甲的投资风险

C. 物业乙的投资风险大于物业甲的投资风险

D. 物业乙的投资风险和物业甲的投资风险无法比较

【答案】　C

【解析】　从房地产投资的角度来说，风险可以定义为未获得预期收益可能性的大小。完成投资过程进入经营阶段后，人们就可以计算实际获得的收益与预期收益之间的差别，进而也就可以计算获取预期收益可能性的大小。

当实际收益超出预期收益时，就称投资有增加收益的潜力；而实际收益低于预期收益时，就称投资面临着风险损失。后一种情况更为投资者所重视，尤其是在投资者通过债务融资进行投资的时候。较预期收益增加的部分，通常被称为"风险报酬"。

一般说来，标准方差越小，各种可能收益的分布就越集中，投资风险也就越小。反之，标准方差越大，各种可能收益的分布就越分散，风险就越大。

2. 当投资房地产的实际收益超出预期收益时，称为（　　）。

A. 有增加收益的潜力　　　　　　B. 具有减少风险损失的潜力

C. 具有增加风险可能　　　　　　D. 具有减少收益的可能

【答案】　A

3. 房地产投资实际收益较预期收益增加的部分，通常被称为（　　）。

A. 风险损失弥补　　　　　　　　B. 风险损失补偿

C. 风险报酬　　　　　　　　　　D. 风险收入

【答案】　C

4. 一般来说，标准方差越小，投资风险就（　　）。

A. 越小　　　　B. 越大　　　　C. 越近 0　　　　D. 如何无法判断

【答案】　A

5. 以固定租金方式出租物业的租期越长，投资者面临的（　　）风险就越大。

A. 周期　　　　B. 购买力　　　　C. 时间　　　　D. 持有期

【答案】　B

6. 通货膨胀风险直接降低投资的（　　）。

A. 实际收益率　　B. 预期收益　　C. 最低收益率　　D. 期望收益率

【答案】　A

7. 供求关系的变化必然造成的现象是（　　）。

A. 房地产市场需求的波动　　　　B. 房地产市场供给的波动

C. 房地产价格的波动　　　　　　D. 房地产政策的波动

【答案】　C

8. 房地产投资决策的基础是（　　）。

A. 政府对市场的引导　　　　　　B. 投资者对未来收益的估计

C. 消费者对未来价格的判断　　　D. 分析师对现实投资市场的判断

【答案】　B

9. 资本价值在很大程度上取决于（　　）。

A. 发生的收益现金流和发生的经营费用水平

B. 预期的收益现金流和发生的经营费用水平

C. 发生的收益现金流和可能的未来经营费用水平

D. 预期的收益现金流和可能的未来经营费用水平

【答案】　D

10. 预期资本价值和现实资本价值之间的差异带来的风险为（　　）。

A. 收益现金流风险　　　　　　　B. 未来经营费用风险

C. 资本价值风险　　　　　　　　D. 比较风险

【答案】　C

11. 如果房地产的收益和费用均不发生变化，房地产的资本价值的变动情况是（　　）。

A. 也不发生变化

B. 会发生变化，但是无法判定变化情况

C. 会随着房地产投资收益率的变化而变化

D. 给出的情况与其无关联关系

【答案】　C

12. 投资者投资房地产后，失去了投资机会，也失去了相应可能的收益，这种风险为
（　　）。

A. 或然损失风险　　　　　　　　B. 时间风险

C. 比较风险　　　　　　　　　　D. 资本价值风险

【答案】　C

13. 房地产投资中与时间和时机选择因素相关的风险为（　　）。

A. 或然损失风险　　　　　　　　B. 时间风险

C. 比较风险　　　　　　　　　　D. 资本价值风险

【答案】　B

14. 与房地产投资持有时间相关的风险为（　　）。

A. 或然损失风险　　　　　　　　B. 时间风险

C. 比较风险　　　　　　　　　　D. 持有期风险

【答案】　D

二、多项选择题

1. 风险分析的目的是要帮助投资者回答（　　）。

A. 投资什么项目最合适

B. 预期收益是多少，出现的可能性有多大

C. 预期收益的变动性和离散性如何

D. 投资哪个项目收益最大

E. 相对目标收益或融资成本或机会投资收益来说，产生损失或超过目标收益的可能性
有多大

【答案】　BCE

2. 房地产投资风险主要体现在（　　　）。

A. 投入资金的安全性　　　　　　　　B. 期望收益的可靠性

C. 投资项目的流动性　　　　　　　　D. 获得贷款的容易性

E. 资产管理的复杂性

【答案】　ABCE

【解析】　房地产投资的风险主要体现在投入资金的安全性、期望收益的可靠性、投资项目的流动性和资产管理的复杂性四个方面。通常情况下，人们把风险划分为对市场内所有投资项目均产生影响、投资者无法控制的系统风险和仅对市场内个别项目产生影响、可以由投资者控制的个别风险。

3. 以下属于房地产投资面临的系统风险的有（　　　）。

A. 通货膨胀风险、市场供求风险　　　B. 未来经营费用风险、资本价值风险

C. 周期风险、变现风险　　　　　　　D. 利率风险、政策风险、或然损失风险

E. 比较风险、时间风险、持有期风险

【答案】　ACD

4. 以下属于房地产投资面临的个别风险的有（　　　）。

A. 通货膨胀风险、市场供求风险　　　B. 未来经营费用风险、资本价值风险

C. 周期风险、变现风险　　　　　　　D. 利率风险、政策风险、或然损失风险

E. 比较风险、时间风险、持有期风险

【答案】　BE

【解析】　房地产投资首先面临的是系统风险，投资者对这些风险不易判断和控制，如通货膨胀风险、市场供求风险、周期风险、变现风险、利率风险、政策风险和或然损失风险等。

（1）通货膨胀风险又称购买力风险，是指投资完成后所收回的资金与初始投入的资金相比，购买力降低给投资者带来的风险。

（2）市场供求风险是指投资者所在地区房地产市场供求关系的变化给投资者带来的风险。

（3）周期风险是指房地产市场的周期波动给投资者带来的风险。正如经济周期的存在一样，房地产市场也存在周期波动或景气循环现象。房地产市场周期波动可分为复苏与发展、繁荣、危机与衰退、萧条四个阶段。

（4）变现风险是指急于将商品兑换为现金时由于折价而导致资金损失的风险。

（5）调整利率是国家对经济活动进行宏观调控的主要手段之一。通过调整利率，政府可以调节资金的供求关系、引导资金投向，从而达到宏观调控的目的。利率调升会对房地产投资产生两方面的影响：一是导致房地产实际价值的折损，利用得到固定利率的长期抵押贷款，金融机构越来越强调其资金的流动性、盈利性和安全性，其所放贷的策略已转向短期融资或浮动利率贷款，我国各商业银行所提供的住房抵押贷款几乎都采用浮动利率。

（6）政府对房地产投资过程中的土地供给政策、地价政策、税费政策、住房政策、价格政策、金融政策、环境保护政策等，均对房地产投资者收益目标的实现产生巨大的影响，从

而给投资者带来风险。

（7）政治风险主要由政变、战争、经济制裁、外来侵略、罢工、骚乱等因素造成。

（8）或然损失风险是指火灾、风灾或其他偶然发生的自然灾害引起的置业投资损失。

此外，还要掌握收益现金流风险包括的种类及其相关内容

收益现金流风险是指房地产投资项目的实际收益现金流未达到预期目标要求的风险。不论是开发投资，还是置业投资，都面临着收益现金流风险。对于开发投资者来说，未来房地产市场销售价格、开发建设成本和市场吸纳能力等的变化，都会对开发商的收益产生巨大的影响；而对置业投资者来说，未来租金水平和房屋空置率的变化、物业毁损造成的损失、资本化率的变化、物业转售收入等，也会对投资者的收益产生巨大影响。

房地产投资面临的个别风险有未来经营费用风险、资本价值风险、比较风险、时间风险、持有期风险。

（1）未来经营费用风险，是指物业实际经营管理费用支出超过预期经营费用而带来的风险。

（2）资本价值风险在很大程度上取决于预期收益现金流和可能的未来经营费用水平。

（3）比较风险又称机会成本风险，是指投资者将资金投入房地产后，失去了其他投资机会，同时也失去了相应可能收益的风险。

（4）时间风险是指房地产投资中与时间和时机选择因素相关的风险。房地产投资强调在适当的时间、选择合适的地点和物业类型进行投资，这样才能使其在获得最大投资收益的同时使风险降至最低限度。时间风险的含义不仅表现为选择合适的时机进入市场，还表现为物业持有时间的长短、物业持有过程中对物业重新进行装修或更新改造时机的选择、物业转售时机的选择以及转售过程所需要时间的长短等。

（5）持有期风险是指与房地产投资持有时间相关的风险。

5. 房地产市场周期可以分为的几个阶段包括（　　　）。

A. 复苏与发展　　　　　　　　　　B. 繁荣

C. 危机与衰退　　　　　　　　　　D. 低谷

E. 平和

【答案】　ABCD

6. 利率调升会对房地产投资产生的影响包括（　　　）。

A. 刺激房地产市场上的需求数量，从而导致房地产价格上升

B. 加大投资者的债务负担，导致还贷困难

C. 抑制房地产市场上的需求数量，从而导致房地产价格下降

D. 导致房地产实际价值的升高

E. 导致房地产实际价值的折损

【答案】　BCE

7. 金融机构越来越强调其资金的（　　　）。

A. 安全性　　　　　　　　　　　　B. 收益性

C. 流动性　　　　　　　　　　　　D. 固定性

E. 浮动性

【答案】　ABC

8. 对于置业投资者来说，会对其投资收益产生巨大影响的有（　　　）。

A. 未来租金水平和房屋空置率的变化

B. 物业毁损造成的损失

C. 资本化率的变化

D. 物业转售收入

E. 现实市场收益水平

【答案】 ABCD

9. 对于开发者来说，对其收益产生巨大影响的有（　　）。

A. 房地产现时市场价格　　　　　　　B. 未来房地产市场价格

C. 开发建设成本　　　　　　　　　　D. 市场吸纳能力

E. 房地产估价

【答案】 BCD

10. 时间风险除了表现为合适的时机进入市场外，还表现为（　　）。

A. 物业持有时间的长短

B. 物业持有过程中对物业重新进行装修或更新改造时机的选择

C. 物业转售时机的选择

D. 转售过程所需时间的长短

E. 合适的物业类型选择

【答案】 ABCD

11. 风险对房地产投资决策的影响主要体现在（　　）。

A. 根据项目风险大小确定相应的投资收益水平

B. 根据风险管理的能力选择投资方向

C. 根据风险周期性变化特点把握投资时机

D. 根据风险实际发生的损失大小选择风险防范方式

E. 根据房地产投资者意愿确定项目风险大小

【答案】 ABC

# 第三节　房地产投资区位的选择

**本节要点**

区位的理解；居住物业、写字楼物业、零售商业物业和工业物业区位选择的特殊因素；商业辐射区域的划分。

**复习题解**

**一、单项选择题**

1. 距离项目所处地点 5～15km，项目的营业额 15%～20% 来自该区域的商业辐射区域为（　　）。

A. 主要区域　　　　B. 核心区域　　　　C. 次要区域　　　　D. 边界区域

【答案】 C

2. 距物业所处地点 15km 以外的区域，占营业额的 5%～15% 的商业辐射区域为（　　）。

A. 主要区域　　　　　B. 核心区域　　　　　C. 次要区域　　　　　D. 边界区域

【答案】 D

3. 与项目所处地点直接相邻的区域，其营业额的 60%～75% 都来自该区域，这个商业辐射区域为（　　）。

A. 主要区域　　　　　B. 核心区域　　　　　C. 次要区域　　　　　D. 边界区域

【答案】 A

【解析】 商业辐射区域通常被分为三个部分：主要区域、次要区域和边界区域。主要区域是与项目所处地点直接相邻的区域，其营业额的 60%～75% 都来自该区域；次要区域是距离项目所处地点 5～15km 的区域（对市级购物中心而言），项目营业额的 15%～20% 来自该区域；边界区域是距物业所处地点 15km 以外的区域，占营业额的 5%～15%。

**二、多项选择题**

1. 对房地产投资中的区位正确理解包括（　　）。

A. 其在城市中的地理位置　　　　　B. 其在城市社会经济活动中的位置

C. 其在整体市场供求关系中的位置　　D. 其在未来城市发展建设中的位置

E. 其在楼层中的位置

【答案】 ABCD

2. 居住项目投资区位选择时要考虑的主要因素包括（　　）。

A. 易接近性　　　　　　　　　　B. 公共交通便捷程度

C. 环境因素　　　　　　　　　　D. 居住人口和收入

E. 市政设施和公建配套设施完备的程度

【答案】 BCDE

【解析】 居住项目主要为人们工作劳动之余提供一个安静舒适的生活休息空间，此类项目的投资区位选择时要考虑的主要因素包括：

（1）市政公用和公建配套设施完备的程度。市政公用设施主要为居民的生活居住提供水、电、燃气等，公建配套设施则包括托儿所、幼儿园、中小学、医院、邮局、商业零售网点、康体设施等。

（2）公共交通便捷程度。

（3）环境因素。

（4）居住人口与收入。居住项目的市场前景受附近地区人口数量、家庭规模和结构、家庭收入水平、人口流动性、当前居住状况等方面的影响。

3. 以下为公建配套设施的有（　　）。

A. 供水设施　　　　　　　　　　B. 供电、供燃气设施

C. 托儿所、幼儿园　　　　　　　D. 医院、邮局

E. 商业零售网点、康体设施

【答案】 CDE

4. 以下属于市政公用设施的有（　　）。

A. 供水设施　　　　　　　　　　B. 供电、供燃气设施

C. 托儿所、幼儿园　　　　　　　　　D. 医院、邮局

E. 商业零售网点、康体设施

【答案】　CDE

5. 以下影响居住项目的市场前景的居住人口与收入因素有（　　　）。

A. 人口数量、家庭人口规模和结构　　B. 家庭收入水平

C. 人口流动性　　　　　　　　　　　D. 当前居住状况

E. 人口的登记

【答案】　ABCD

# 第三章　房地产投资分析技术

## 考试要点

本部分的考试目的是测试应考人员对资金时间价值、复利计算公式、设备更新经济分析方法和房地产投资财务评价指标的熟悉程度，以及运用复利系数、设备更新经济分析方法和房地产投资财务评价方法，解决房地产经营管理实际问题的能力和知识水平。

掌握：现金流量、资金时间价值、单利计息与复利计息的计算方法；设备更新经济分析方法。

熟悉：现金流量图的绘制方法，资金等效值的计算公式及其应用；投资回收与投资回报的区别与联系，房地产投资经济效果的表现形式及净态盈利指标的计算方法。

了解：名义利率与实际利率的区别，房地产投资动态盈利指标和清偿能力指标的计算方法。

## 重点内容

1. 现金流量与现金流量图
2. 资金时间价值与资金等值的判定
3. 设备更新的内容与特点
4. 投资回收与投资回报的区别
5. 盈利能力指标的分类

## 第一节　投资分析的基本概念

## 本节要点

现金流量、净现金流量、现金流入、现金流出的概念；现金流入和现金流出包括的内容；现金流量图绘制的基本规则；房地产置业投资包括的内容；潜在毛租金收入、空纸盒收租损失、其他收入、有效收入、运营费用、净运营费用、抵押贷款还本付息、准备金、税金、经营现金流的概念及其相互关系。

## 复习题解

### 一、单项选择题

1. 现金流入与现金流出之差称为（　　）。

A. 现金净流量　　　B. 净现金流量　　　C. 现金净流入　　　D. 净现金流入

【答案】　B

2. 房地产置业投资中，固定资产投资在物业投入出租经营后，随着固定资产在使用过程中的磨损和贬值，其价值逐渐以折旧的形式计入（　　）。

A. 出租经营收入　　　B. 管理费用　　　C. 出租经营成本　　　D. 营业费用

【答案】 C

3. 房地产置业投资中，固定资产投资在物业投入出租经营后，随着固定资产在使用过程中的磨损和贬值，其价值通过（　　）以货币形式回到投资者手中。

A. 出租经营收入　　　B. 管理费用　　　C. 出租经营成本　　　D. 营业利润

【答案】 A

4. 房地产置业投资中，流动资金以货币资金形式收回的时间是（　　）。

A. 项目建成开始运行时　　　　　　　B. 项目寿命周期末

C. 投资回收期满　　　　　　　　　　D. 项目的收益期结束

【答案】 B

5. 房地产置业投资中，在建筑物全部出租且所有的租客均按时全额缴纳租金时，可以获得的租金收入是（　　）。

A. 潜在毛租金收入　　　　　　　　　B. 有效毛收入

C. 净运营收益　　　　　　　　　　　D. 实际租金收入

【答案】 A

【解析】 收益性物业的现金流：

潜在毛租金收入－空置和收租损失＋其他收入＝有效毛收入－运营费用

＝净运营收益－抵押货款还本付息＝税前现金流－准备金－所得税＝税后现金流

有效毛收入＝潜在毛租金收入－空置和收租损失＋其他收入

收益性物业的运营费用是除抵押贷款还本付息外物业发生的所有费用，包括人员工资及办公费用、保持物业正常运转的成本（建筑物及相关场地的维护、维修费）、为租客提供服务的费用（公共设施的维护维修、清洁、保安等），保险费、房产税、城镇土地使用税和法律费用等也属于运营费用的范畴。

净运营收益＝有效毛收入－运营费用

税前现金流＝净运营收益－抵押贷款还本付息

税后现金流＝税前现金流－准备金－所得税

6. 房地产置业投资中，收益性物业的运营费用是物业发生的所有费用，除了（　　）。

A. 人员工资及办公费用

B. 抵押贷款还本付息

C. 为租客提供服务的费用

D. 保险费、房产税、城镇土地使用税和法律费用

【答案】 B

7. 房地产置业投资以下收入费用种类中，业主最关心的问题是（　　）。

A. 潜在毛租金收入　　　B. 有效毛收入　　　C. 净运营收益　　　D. 实际租金收入

【答案】 C

8. 房地产置业投资中，准备金通常用于支付物业经营过程中的（　　）。

A. 经营性支出　　　B. 收益性支出　　　C. 资本性支出　　　D. 日常支出

【答案】 C

9. 某企业经营物业的年租金收入为 15 万元，则其经营税金及附加应缴纳（　　）元。

A. 22500　　　　B. 8250　　　　C. 8025　　　　D. 7500

【答案】 B

【解析】 经营税金及附加，包括营业税、城市维护建设税和教育费附加，又称"两税一费"。营业税是从应纳税房地产销售或出租收入中征收的一种税。营业税税额的计算方法是：营业税税额＝应纳税销售（出租）收入×税率，目前营业税的税率为 5%。城市维护建设税和教育费附加，是依托营业税征收的一种税费，分别为营业税税额的 7% 和 3%。

10. 以下税种中，属于财产税的是（　　）。

A. 营业税　　　　　　　　　　B. 城市维护建设税

C. 房产税　　　　　　　　　　D. 城镇土地使用税

【答案】 C

11. 某房地产开发企业年应纳税所得额为 1500 万元，则其应缴纳的企业所得税金额为（　　）万元。

A. 225　　　　B. 405　　　　C. 450　　　　D. 495

【答案】 D

【解析】 企业所得税是对实行独立经济核算的房地产开发投资企业，按其应纳税所得额征收的一种税。所得税税额＝应纳税所得额×税率。应纳税所得额＝实现利润－允许扣除项目的金额，房地产开发投资企业所得税税率一般为 33%（注，国家已经将外资和国内企业所得税合并统一，税率也已经调整，2007 年考试最好经过核准后注意新的税率变化）。

12. 房产税的纳税计算的基数是（　　）。

A. 房产原值　　　　　　　　　B. 出租收入

C. 房产原值加租金收入　　　　D. 房产原值或租金收入

【答案】 D

13. 物业管理企业所涉及的财务管理一般到（　　）为止。

A. 寿命终了　　　　　　　　　B. 产生运营收益

C. 收支平衡　　　　　　　　　D. 提足准备金

【答案】 B

二、多项选择题

1. 对于房地产开发项目来说，现金流入通常包括（　　）。

A. 销售收入　　　　　　　　　B. 出租收入

C. 利息收入　　　　　　　　　D. 贷款本金收入

E. 投资者投资收入

【答案】 ABCD

2. 对于房地产开发项目来说，现金流出主要包括（　　）。

A. 土地费用　　　　　　　　　B. 建造费用

C. 运营费用　　　　　　　　　D. 税金

E. 股东股利分配

【答案】 ABCD

3. 绘制现金流量图的基本规则是（　　）。

A. 现金流量图中垂直箭线的箭头，通常是向下者表示正现金流量，向上者表示负现金流量

B. 以横轴为时间轴，向右延伸表示时间的延续，轴上的每一刻度表示一个时间单位，两个刻度之间的时间长度称为计息周期，可取年、半年、季度或月等

C. 如果现金流出或流入不是发生在计息周期的期初或期末，而是发生在计息周期的期间，为了简化计算，公认的习惯方法是将其代数和看成是在计算周期末发生，称为期末惯例法

D. 为了与期末惯例法保持一致，在把资金的流动情况绘成现金流量图时，都把初始投资 P 作为上一周期期末，即第 0 期期末发生的

E. 相对于时间坐标的垂直箭线代表不同时点的现金流量

【答案】　BCDE

4. 房地产置业投资，包括（　　）。

A. 土地费用支出投资　　　　　　　B. 建筑安装费用投资

C. 房地产购置投资　　　　　　　　D. 流动资金投资

E. 基础设施投资

【答案】　CD

5. 房地产置业投资中，能够改变潜在毛收入的因素是（　　）。

A. 租金水平的变化　　　　　　　　B. 可出租面积的变化

C. 租金水平或可出租面积的变化　　D. 租金水平和可出租面积的变化

E. 租金水平和可出租面积均不变化

【答案】　ABCD

6. 房地产置业投资的以下计算公式中，正确的有（　　）。

A. 潜在毛租金收入＝全部可出租面积×最可能的租金水平

B. 实际租金收入＝潜在毛租金收入－空置和租金损失

C. 有效毛收入＝潜在毛租金收入－空置和租金损失＋其他收入

D. 净运营收益＝有效毛收入－运营费用

E. 税前现金流＝净运营收益－抵押贷款还本

【答案】　ABCD

7. 房地产置业投资中，流动资金是指投资者在物业开始出租经营前有限垫付、在出租经营后用于（　　）和其他费用的周转资金。

A. 购买机器设备　　　　　　　　　B. 购买原材料

C. 购买燃料动力　　　　　　　　　D. 购买备品备件

E. 支付工资

【答案】　BCDE

8. 房地产置业投资中，收益性物业的运营费用是物业发生的所有费用，包括（　　）。

A. 人员工资及办公费用　　　　　　B. 抵押贷款还本付息

C. 为租客提供服务的费用　　　　　D. 保险费、房产税、城镇土地使用税和法律费用

E. 物业正常运转的成本

【答案】　ACDE

9. 我国房地产投资经营过程中企业纳税的主要税种有（　　）。

A. 营业税、城市维护建设税和教育费附加

B. 城镇土地使用税

C. 房产税

D. 个人所得税

E. 企业所得税

【答案】　ABCE

10. 以下属于房地产投资经营过程中企业纳税的经营税金及附加包括（　　）。

A. 营业税　　　　　　　　　　B. 城镇土地使用税

C. 教育费附加　　　　　　　　D. 城市维护建设税

E. 企业所得税

【答案】　ACD

11. 房地产置业投资中，以下正确的税后现金流的计算公式是（　　）。

A. 税后现金流＝税前现金流－所得税

B. 税后现金流＝净运营收益－抵押贷款还本付息－准备金－所得税

C. 税后现金流＝税前现金流－准备金－所得税

D. 税后现金流＝税前现金流－抵押贷款还本付息－所得税

E. 税后现金流＝税前现金流－抵押贷款还本付息＋准备金－所得税

【答案】　BC

12. 某出租物业净运营收益为 165 万元，抵押贷款还本付息 25 万元，准备金 50 万元，所得税 20 万元，则税后现金流为（　　）万元。

A. 165　　　　　　B. 145　　　　　　C. 120　　　　　　D. 70

【答案】　D

【解析】　税后现金流＝净运营收益－抵押贷款还本付息－准备金－所得税

# 第二节　现值与现值计算

**本节要点**

资金的时间价值的概念及其理解；利息和利率的概念；单利和复利的概念；名义利率和实际利率的换算；复利计算及其应用。

**复习题解**

**一、单项选择题**

1. 同样数额的资金在不同时点上具有不同的价值，而不同时间发生的等额资金在价值上的差别称为（　　）。

A. 资金的使用价值　　　　　　B. 资金的时间价值

C. 资金的有效价值　　　　　　D. 资金的投资价值

【答案】　B

2. 随着时间的推移，资金的价值会增加，这种现象为（　　）。

A. 资金的增值
B. 资金的保值

C. 资金的时间价值
D. 资金的平衡

【答案】　A

3. 当实际计息周期不是一年时，实际利率 $i$ 和名义利率 $r$ 之间的关系是（　　）。

A. $i = \left(1 + \dfrac{r}{m}\right)^m - 1$
B. $r = \left(1 + \dfrac{i}{m}\right)^m - 1$

C. $i = (1 + r \cdot m)^m - 1$
D. $r = (1 + i \times m)^m - 1$

【答案】　A

4. 某人借款 50 万元，借款利率为 6%，按月计息，则实际利率为（　　）。

A. 6%　　　　B. 6.09%　　　　C. 6.14%　　　　D. 6.17%

【答案】　D

【解析】　名义利率和实际利率之间的关系是：$i = \left(1 + \dfrac{r}{m}\right)^m - 1$

5. 等额序列储存基金系数是（　　）。

A. $\dfrac{(1+i)^n - 1}{i}$
B. $\dfrac{i}{(1+i)^n - 1}$

C. $\dfrac{i(1+i)^n}{(1+i)^n - 1}$
D. $\dfrac{(1+i)^n - 1}{i(1+i)^n}$

【答案】　B

6. 等额序列支付现值系数是（　　）。

A. $\dfrac{(1+i)^n - 1}{i}$
B. $\dfrac{i}{(1+i)^n - 1}$

C. $\dfrac{i\,(1+i)^n}{(1+i)^n - 1}$
D. $\dfrac{(1+i)^n - 1}{i(1+i)^n}$

【答案】　D

7. 等额序列支付资金回收系数是（　　）。

A. $\dfrac{(1+i)^n - 1}{i}$
B. $\dfrac{i}{(1+i)^n - 1}$

C. $\dfrac{i\,(1+i)^n}{(1+i)^n - 1}$
D. $\dfrac{(1+i)^n - 1}{i(1+i)^n}$

【答案】　C

8. 等额序列支付终值系数是（　　）。

A. $\dfrac{(1+i)^n - 1}{i}$
B. $\dfrac{i}{(1+i)^n - 1}$

C. $\dfrac{i(1+i)^n}{(1+i)^n - 1}$
D. $\dfrac{(1+i)^n - 1}{i(1+i)^n}$

【答案】　A

9. 等差序列现值系数为（　　）。

A. $\dfrac{1}{i}\left[\dfrac{(1+i)^n - 1}{i} - \dfrac{n}{(1+i)^n}\right]$
B. $\left[\dfrac{(1+i)^n - 1}{i} - \dfrac{n}{(1+i)^n}\right]$

C. $\dfrac{1}{i}\left[\dfrac{i(1+i)^n}{(1+i)^n-1}-\dfrac{n}{(1+i)^n}\right]$ \qquad D. $\dfrac{1}{i}\left[\dfrac{(1+i)^n-1}{i(1+i)^n}-\dfrac{n}{(1+i)^n}\right]$

【答案】 A

10. 等差序列年费用系数为（　　）。

A. $\dfrac{1}{i}\left[\dfrac{(1+i)^n-1}{i}-\dfrac{n}{(1+i)^n}\right]$ \qquad B. $\left[\dfrac{(1+i)^n-1}{i}-\dfrac{n}{(1+i)^n}\right]$

C. $\dfrac{1}{i}-\dfrac{n}{(1+i)^n-1}$ \qquad D. $\dfrac{1}{i}\left[\dfrac{(1+i)^n-1}{i(1+i)^n}-\dfrac{n}{(1+i)^n}\right]$

【答案】 C

【解析】

复利计算系数一览表

| 系　　数 | 计算公式 | 系　　数 | 计算公式 |
|---|---|---|---|
| 等额序列储存基金系数 | $\dfrac{i}{(1+i)^n-1}$ | 等额序列支付终值系数 | $\dfrac{(1+i)^n-1}{i}$ |
| 等额序列支付现值系数 | $\dfrac{(1+i)^n-1}{i(1+i)^n}$ | 等差序列现值系数 | $\dfrac{1}{i}\left[\dfrac{(1+i)^n-1}{i}-\dfrac{n}{(1+i)^n}\right]$ |
| 资金回收系数 | $\dfrac{i(1+i)^n}{(1+i)^n-1}$ | 等差序列年费用系数 | $\dfrac{1}{i}-\dfrac{n}{(1+i)^n-1}$ |

11. 某开发商向银行取得贷款 1000 万元，年利率 6%，按季计算利息，到期一次偿还本息，期限 3 年，则到期应偿还本息为（　　）万元。

A. 1180 \qquad B. 1191.02 \qquad C. 1195.62 \qquad D. 1198.82

【答案】 C

【解析】 $1000\times(1+0.06\times3)=1180$
$1000\times(1+0.06)^3=1191.02$
$1000\times(1+0.015)^{12}=1195.62$

12. 某开发商向银行取得贷款 1000 万元，年利率 6%，按季计算利息，到期一次偿还本息，期限 3 年，则到期应偿还的利息为（　　）万元。

A. 180 \qquad B. 191.02 \qquad C. 195.62 \qquad D. 1195.62

【答案】 C

13. 某物业经营期为 10 年，年净运营收入为 30 万元，到期转让的净收入为 360 万元，折现率为 8%，该物业的收益现值为（　　）万元。

A. 77.31 \qquad B. 244.06 \qquad C. 437.31 \qquad D. 660

【答案】 B

【解析】 $P=\dfrac{30}{8\%}\left[1-\dfrac{1}{(1+8\%)^{10}}\right]+\dfrac{360}{(1+8\%)^{10}}=244.06$

14. 某物业经营期为 10 年，年净运营收入为 30 万元（年初收取），到期转让的净收入为 360 万元，折现率为 8%，该物业的收益现值为（　　）万元。

A. 238.34 \qquad B. 244.06 \qquad C. 437.31 \qquad D. 660

【解析】 $P=\dfrac{30}{8\%\times(1+8\%)}\left[1-\dfrac{1}{(1+8\%)^{10}}\right]+\dfrac{360}{(1+8\%)^{10}}=238.34$

15. 某出租房屋的 2006 年有效毛租金收入为 160 万元，年运营支出为 50 万元，未来 30

年经营期内租金收入和运营费用分别意念 4% 和 2% 速度增长，则该房屋的净运营收益现值为（　　）万元（假设收入和支出均发生在年末）。

A. 169646　　　　B. 2122.16　　　　C. 2237.56　　　　D. 2346.71

【答案】　B

【解析】　课本上的计算例题 3-4 错误。应该先将第一年的收入和支出计算出来。

第一年收益＝160×(1＋4%)＝166.4 万元

第一年支出＝51 万元

$$P=\frac{166.4}{8\%-4\%}\left[1-\left(\frac{1+4\%}{1+8\%}\right)^{30}\right]-\frac{51}{8\%-2\%}\left[1-\left(\frac{1+2\%}{1+8\%}\right)^{30}\right]=2122.16$$

16. 某投资者以 6000 元/m² 的价格购买一套建筑面积 120m² 的住宅，银行为其提供了年利率 6%，期限 20 年的按揭贷款，抵押价值比率为 60%，则该投资者的首付款应为（　　）万元。

A. 14.4　　　　B. 21.6　　　　C. 28.8　　　　D. 43.2

【答案】　C

【解析】　6000×120×60%＝28.8 万元

17. 接 16 题，该投资者的月等额本息还款额为（　　）元。

A. 5158.30　　　　B. 5231.07　　　　C. 6600　　　　D. 9600

【答案】　A

【解析】　$\left[120\times6000\times\dfrac{0.06}{\left(1-\dfrac{1}{(1+0.06)}\right)^{20}}\right]\bigg/12=5231.07$

$\left[120\times6000\times\dfrac{0.005}{\left(1-\dfrac{1}{(1+0.005)}\right)^{20\times12}}\right]=5158.30$

18. 接 16.17 题，若该投资者在 5 年以后偿还了 6 万元，则以后的月还款额为（　　）元。

A. 4651.98　　　　B. 4728.44　　　　C. 4824.97　　　　D. 4908.30

【答案】　A

【解析】　$5158.30-\dfrac{60000\times0.5\%}{\left[1-\dfrac{1}{(1+0.5\%)^{240}}\right]}=4728.44$

$5158.30-\dfrac{60000\times0.5\%}{\left[1-\dfrac{1}{(1+0.5\%)^{180}}\right]}=4651.98$

19. 接 16.17.18 题，若该投资者 5 年后偿还了 6 万元，那么剩余未还本金为（　　）万元。

A. 41.05　　　　B. 55.13　　　　C. 61.13　　　　D. 86.85

【答案】　B

【解析】　120×6000-5158.30×12×5＝41.05

$\dfrac{5158.30}{0.5\%}\left[1-\dfrac{1}{(1+0.5\%)^{15\times12}}\right]-60000=551277$ 元

20. 接 19 题，若 5 年后转售，该房屋每年升值 3%，偿还后投资者拥有的权益价值为

（　　）万元。

 A. 22. 34     B. 55. 13     C. 61. 13     D. 83. 46

【答案】 A

【解析】 5年后尚未偿还本金611277元，房产价值$120 \times 6000 \times (1+3\%)^5 = 834677$元，则权益价值$= 834677 - 611277 = 223400$元$= 22.34$万元

## 二、多项选择题

1. 以下关于资金时间价值的说法中，正确的有（　　）。

A. 实际上，银行利息也是一种资金时间价值的表现方式，利率是资金时间价值的一种标志

B. 从投资者的角度来看，资金的增值特性使其具有时间价值

C. 由于资金存在时间价值，就无法比较不同时点上发生的现金流量

D. 从消费者的角度来看，资金的时间价值体现为放弃即期消费的损失所应得到的补偿

E. 同样数额的资金在不同时点上具有不同的价值，而不同时间发生的等额资金在价值上的差别称为资金的时间价值

【答案】 ABDE

2. 从投资的角度来看，资金时间价值的大小取决于（　　）。

A. 投资利润率        B. 通货膨胀率

C. 经济成本率        D. 风险因素

E. 期望收益率

【答案】 ABD

3. 以下关于实际利率和名义利率的说法中，正确的有（　　）。

A. 名义利率比实际利率更能反映资金的时间价值

B. 名义利率越大，计息周期越短，实际利率与名义利率的差异就越大

C. 当每年计息周期数$m \rightarrow 1$时，名义利率与实际利率相等

D. 当每年计息周期数$m > 1$时，实际利率大于名义利率

E. 当每年计息周期数，$m \rightarrow \infty$时，名义利率$r$与实际利率$i$的关系为$i = e^r - 1$

【答案】 BCDE

# 第三节　设备更新中的经济分析

**本节要点**

  设备更新的原因；设备的磨损及其分类；有形磨损的类型及其包括的情形；无形磨损的类型及其包括的情形；设备的补偿方式；设备更新的特点；设备的寿命种类；设备的自然寿命、技术寿命和经济寿命的概念及其相互关系；设备经济寿命的确定；物业管理中的设备更新问题。

**复习题解**

## 一、单项选择题

1. 设备在运转过程中，在外力作用下产生的设备的实体磨损、变形和损坏为（　　）。

A. 第一类有形磨损　　　　　　　　B. 第二类有形磨损

C. 第一类无形磨损　　　　　　　　D. 第二类无形磨损

【答案】　A

2. 设备因自然力产生的磨损称为（　　　）。

A. 第一类有形磨损　　　　　　　　B. 第二类有形磨损

C. 第一类无形磨损　　　　　　　　D. 第二类无形磨损

【答案】　B

3. 生产制造工艺的改进，劳动生产率的提高，设备生产成本降低导致设备市场价格降低，从而引发的原来购买的设备贬值为（　　　）。

A. 第一类有形磨损　　　　　　　　B. 第二类有形磨损

C. 第一类无形磨损　　　　　　　　D. 第二类无形磨损

【答案】　A

4. 由于技术进步因素的影响，社会上出现了结构更先进、技术更完善、生产效率更高、运行费用更低的新型设备，从而使原有设备在技术上显得陈旧、落后造成的设备贬值为（　　　）。

A. 第一类有形磨损　　　　　　　　B. 第二类有形磨损

C. 第一类无形磨损　　　　　　　　D. 第二类无形磨损

【答案】　D

5. 第一类有形磨损造成的后果是（　　　）。

A. 设备精度降低、劳动生产率下降

B. 设备原始价值部分贬值

C. 原有设备局部或全部丧失其使用功能

D. 设备原始价值部分贬值，甚至原有设备局部或全部丧失其使用功能

【答案】　A

6. 第一类无形磨损造成的后果是（　　　）。

A. 设备精度降低、劳动生产率下降

B. 设备原始价值部分贬值

C. 原有设备局部或全部丧失其使用功能

D. 设备原始价值部分贬值，甚至原有设备局部或全部丧失其使用功能

【答案】　C

7. 第二类无形磨损造成的后果是（　　　）。

A. 设备精度降低、劳动生产率下降

B. 设备原始价值部分贬值

C. 原有设备局部或全部丧失其使用功能

D. 设备原始价值部分贬值，甚至原有设备局部或全部丧失其使用功能

【答案】　D

8. 第一类有形磨损（　　　）。

A. 和使用有关　　　　　　　　　　B. 和使用无关

C. 和技术进步有关　　　　　　　　D. 和市场有关

【答案】 A

9. 第二类有形磨损（    ）。

A. 和使用有关　　　　　　　　　　B. 和使用无关

C. 和技术进步有关　　　　　　　　D. 和市场有关

【答案】 B

10. 设备无形磨损的局部补偿是（    ）。

A. 更换　　　　B. 更新　　　　C. 技术改造　　　　D. 修理

【答案】 C

11. 设备有形磨损的局部补偿是（    ）。

A. 更换零件　　　B. 更新　　　　C. 技术改造　　　　D. 修理

【答案】 D

12. 设备有形磨损和无形磨损的完全补偿是（    ）。

A. 更换零件　　　B. 更新　　　　C. 技术改造　　　　D. 修理

【答案】 B

13. 设备的技术寿命主要取决于（    ）。

A. 设备有形磨损的速度　　　　　　B. 无形磨损的速度

C. 有形磨损和无形磨损　　　　　　D. 使用强度

【答案】 B

14. 设备的经济寿命决定于（    ）。

A. 设备有形磨损的速度　　　　　　B. 无形磨损的速度

C. 有形磨损和无形磨损　　　　　　D. 使用强度

【答案】 C

15. 使投入使用的设备等额年总成本（包括初始购置费用和使用过程中的年运营用）最低或等额年净收益最高的期限为设备的（    ）。

A. 有效寿命　　　B. 经济寿命　　　C. 自然寿命　　　D. 技术寿命

【答案】 B

16. 设备在开始使用后持续的能够满足使用者需要功能时间为设备的（    ）。

A. 有效寿命　　　B. 经济寿命　　　C. 自然寿命　　　D. 技术寿命

【答案】 D

17. 设备从全新状态下开使用，直到不堪再用而予以报废的全部时间过程为设备的（    ）。

A. 有效寿命　　　B. 经济寿命　　　C. 自然寿命　　　D. 技术寿命

【答案】 C

18. 设备从全新状态下开使用，直到不堪再用而予以报废的全部时间过程为设备的（    ）。

A. 有效寿命　　　B. 经济寿命　　　C. 物理寿命　　　D. 技术寿命

【答案】 C

19. 设备更新的核心工作是确定设备的（    ）。

A. 自然寿命　　　B. 经济寿命　　　C. 物理寿命　　　D. 技术寿命

【答案】 B

20．设备更新分析以（ ）为主。

A．费用效益分析　　　　　　　B．净现值法

C．费用年值法　　　　　　　　D．盈亏平衡法

【答案】 C

21．新设备的费用特点是（ ）。

A．新设备往往具有较低的重置费用和较高的运营费用

B．新设备往往具有较高的购置费用和较低的运营费用

C．新设备往往具有较低的购置费用和较高的运营费用

D．新设备往往具有较高的购置费用和较低的运营费用

【答案】 D

22．旧设备的费用特点是（ ）。

A．旧设备往往具有较低的重置费用和较高的运营费用

B．旧设备往往具有较高的购置费用和较低的运营费用

C．旧设备往往具有较低的购置费用和较高的运营费用

D．旧设备往往具有较高的购置费用和较低的运营费用

【答案】 A

二、多项选择题

1．以下会导致设备的第二类无形磨损的情况有（ ）。

A．技术进步使得现金设备出现　　B．设备生产成本下降

C．政府节能、环保等政策的调整　　D．自然力作用

E．过度使用出现设备的变形

【答案】 AC

【解析】 设备有形磨损，是设备在使用（或闲置）过程中发生的实体性磨损。设备的有形磨损分为第一类有形磨损和第二类有形磨损。第一类有形磨损，是指设备在运转过程中，在外力作用下产生的变形和损坏。第二类有形磨损，是指设备因自然力产生的磨损。这种磨损于生产过程的使用无关，甚至在一定程度上还同使用程度成反比。

设备无形磨损，是由于社会经济环境变化造成的设备贬值于生产过程中的使用和自然力的作用，不表现为设备实体的变现为设备原始价值的贬值。设备无形磨损也可以分为第一类无形磨损和第二类无形磨损。第一类无形磨损，是指生产制造工艺的改进，劳动生产率的提高，设备生产成本降低导致设备市场价格降低，从而引发的原来购买的设备贬值。这种无形无损的后果是导致现有设备原始价值部分编制，设备本身的技术特性和功能，使用价值并未发生变化，故不会影响现有设备的使用。第二类无形磨损，是由于技术进步因素的影响，社会上出现了结构更先进、技术更完善、生产效率更高、运行费用更低的新型设备，从而使原有设备在技上显得陈旧、落后造成的。

2．设备的寿命包括（ ）。

A．技术寿命　　　　　　　　　B．自然寿命

C．经济寿命　　　　　　　　　D．使用寿命

E．实际寿命

【答案】　ABC

3. 设备更新需要考虑的内容有（　　　）。

A. 沉没成本

B. 有形磨损

C. 无形磨损

D. 新旧设备的费用

E. 设备原值

【答案】　BCD

# 第四节　房地产投资财务评价指标

**本节要点**

投资回收与投资回报的概念和区别；房地产投资项目财务评价指标体系；财务净现值的概念和计算、评价标准；内部收益率的概念、计算、评价标准及其与净现值的关系；动态投资回收期的计算、静态投资回收期的计算、现金回报率、投资回报率的概念及其计算、评价标准；利息的计算方法；借款偿还期的计算、资产负债率的计算。

**复习题解**

**一、单项选择题**

1. 在等额系列支付的年值和现值的关系中，投资回收是（　　　）。

A. $P$

B. $Pi$

C. $\dfrac{i}{(1+i)^n-1}$

D. $\dfrac{i(1+i)^n}{(1+i)^n-1}$

【答案】　B

2. 在等额系列支付的年值和现值的关系中，投资回报率是（　　　）。

A. 1

B. $i$

C. $\dfrac{Pi}{(1+i)^n-1}$

D. $\dfrac{Pi(1+i)^n}{(1+i)^n-1}$

【答案】　C

3. 就房地产开发而言，投资回收的内容主要是指（　　　）。

A. 总开发成本

B. 建安成本

C. 开发商利润

D. 开发商总成本和开发商利润

【答案】　A

4. 就房地产开发而言，投资回报的内容主要是指（　　　）。

A. 总开发成本

B. 建安成本

C. 开发商利润

D. 开发商总成本和开发商利润

【答案】　C

5. 财务内部收益率的计算方法为（　　　）。

A. 排序法

B. 验算法

C. 内插法

D. 最小二乘法

【答案】　C

6. 如果设定相差不超过 2% 的两个折现率 $i_1$、$i_2$，对应的 $NPVi_1$ 大于零、$NPVi_2$ 小于零，则可以得到项目的内部收益率的计算公式是（　　）。

A. $IRR = i_1 + \dfrac{|NPV_1| \times (i_2 - i_1)}{|NPV_1| + |NPV_2|}$ 　　　B. $IRR = i_1 + \dfrac{|NPV_1|}{|NPV_1| + |NPV_2|}$

C. $IRR = i_1 + \dfrac{|NPV_1| \times (i_2 - i_1)}{|NPV_1 + NPV_2|}$ 　　　D. $IRR = i_1 + \dfrac{|NPV_1| \times (i_1 - i_2)}{|NPV_1| + |NPV_2|}$

【答案】 A

7. 内部收益率表明了项目投资所能支付的最高（　　）。

A. 基准收益率 　　　　　　　　　B. 目标收益率

C. 贷款利率 　　　　　　　　　　D. 净现值率

【答案】 C

8. 当投资项目的现金流量只有一个时，折现率 $i$ 和内部收益率 IRR 之间的关系是（　　）。

A. 不确定

B. 当 $i$ 值小于 IRR 时，对于所有的 $i$ 值，NPV 都是正值；当 $i$ 值大于 IRR 时，对于所有的 $i$ 值，NPV 都是负值

C. 当 $i$ 值小于 IRR 时，对于所有的 $i$ 值，NPV 都是负值；当 $i$ 值大于 IRR 时，对于所有的 $i$ 值，NPV 都是正值

D. 当 $i$ 值小于 IRR 时，对于大部分 $i$ 值，NPV 都是负值；当 $i$ 值大于 IRR 时，对于大部分 $i$ 值，NPV 都是正值

【答案】 B

9. 某房地产投资项目进行投资，分别选择两个折现率 8% 和 10%，计算得到的净现值分别是 −132 万元和 −168 万元，则可以断定若该房地产投资项目的期望最低收益率为 9%，该项目（　　）。

A. 可以接受 　　　　　　　　　　B. 应该舍弃

C. 条件所限，无法判定是否可以接受 　D. 处于接受舍弃的临界状态

【答案】 B

10. 某房地产投资项目进行投资，分别选择两个折现率 8% 和 10%，计算得到的净现值分别是 −132 万元和 168 万元，则可以断定若该房地产投资项目的期望最低收益率为 9%，该项目（　　）。

A. 可以接受 　　　　　　　　　　B. 应该舍弃

C. 条件所限，无法判定是否可以接受 　D. 处于接受舍弃的临界状态

【答案】 B

二、多项选择题

1. 以下属于动态盈利能力指标的是（　　）。

A. 投资回报率 　　　　　　　　　B. 现金回报率

C. 财务内部收益率 　　　　　　　D. 财务净现值

E. 动态投资回收期

【答案】 CDE

2. 以下属于静态盈利能力指标的是 (　　)。

A. 投资回报率
B. 现金回报率
C. 财务内部收益率
D. 财务净现值
E. 静态投资回收期

【答案】 ABE

3. 以下财务评价指标中，属于清偿能力指标的是 (　　)。

A. 现金回报率
B. 借款偿还期
C. 偿债备付率
D. 资产负债率
E. 财务内部收益率

【答案】 BCD

【解析】 房地产投资项目财务评价指标体系

| 盈利能力指标 | | 清偿能力指标 |
| --- | --- | --- |
| 静态指标 | 动态指标 | |
| 投资回报率 | 财务内部收益率 FIRR | 借款偿还期 |
| 现金回报率 | 财务净现值 FNPV | 偿债备付率 |
| 静态投资回收期 | 动态投资回收期 | 资产负债率 |

4. 以下关于财务净现值和财务内部收益率的说法中，正确的有 (　　)。

A. 财务净现值（NPV）是指项目按行业的基准收益率或设定的目标收益率将项目计算期内各年的净现金流量折算到开发活动起始点的现值之和

B. 如果 NPV 大于等于 0，说明该项目的获利能力达到或超过了基准收益率的要求，因而在财务上是可以接受的。如果 NPV 小于 0，则项目不可接受

C. 当 $i$ 值小于 IRR 时，对于所有的 $i$ 值，NPV 都是正值；当 $i$ 值大于 IRR 时，对于所有的 $i$ 值，NPV 都是负值

D. 财务内部收益率（IRR）的经济含义是在项目寿命期内项目内部未收回投资每年的净收益率

E. 财务内部收益率（IRR），是指项目在整个计算期内，各年净现金流量现值累计等于零时的折现率，是评估项目盈利性的基本指标

【答案】 ABDE

5. 在利用计算得到的内部收益率来判断项目的可行性，需要借助的指标是 (　　)。

A. 财务净现值
B. 贷款利率
C. 行业基准收益率
D. 目标收益率
E. 动态投资回收期

【答案】 CD

6. 决定基准收益率大小的因素主要是 (　　)。

A. 净现值率
B. 内部收益率
C. 资金成本
D. 投资回收期
E. 项目风险

【答案】 CE

7. 如果某投资项目的内部收益率为 15％，则说明了（　　）。

A. 只要贷款利率小于 15％，贷款是可以接受的

B. 如果行业的基准收益率为 20％，则该项目是可以接受的

C. 如果投资者的目标收益率是 12％，则该项目是可以接受的

D. 如果投资者的目标收益率是 15％，则项目寿命终了时，所有投资完全收回

E. 如果投资者的目标收益率是 12％，则该项目的财务净现值一定大于零

【答案】　ACDE

8. 以下关于投资回收期的计算公式中，正确的有（　　）。

A. $Pb=[累计净现金流量开始出现正值的期数-1]+\dfrac{上期累计净现金流量现值}{当期净现金流量现值}$

B. $Pb=[累计净现金流量开始出现正值的期数]+\dfrac{上期累计净现金流量现值的绝对值}{当期净现金流量现值}$

C. $Pb=[累计净现金流量现值开始出现正值的期数-1]+\dfrac{上期累计净现金流量现值的绝对值}{当期净现金流量现值}$

D. $Pb'=[累计净现金流量开始出现正值的期数-1]+\dfrac{上期累计净现金流量的绝对值}{当期净现金流量现值}$

E. $Pb'=[累计净现金流量现值开始出现正值的期数-1]+\dfrac{上期累计净现金流量现值的绝对值}{当期净现金流量现值}$

【答案】　CD

9. 以下关于现金回报率的计算公式，正确的有（　　）。

A. $税前现金回报率=\dfrac{净运营收益}{投资者的初始现金投资}$

B. $税前现金回报率=\dfrac{净运营收益-还本付息额}{投资者的初始现金投资}$

C. $税前现金回报率=\dfrac{净运营收益-还本付息额}{投资者的初始投资}$

D. $税后现金回报率=\dfrac{税后净现金流量}{投资者的初始投资}$

E. $税后现金回报率=\dfrac{税后净现金流量}{投资者的初始现金投资}$

【答案】　BE

10. 以下关于投资回报率的计算公式中，正确的有（　　）。

A. $投资回报率=\dfrac{税后现金流量}{权益投资数额}$

B. $投资回报率=\dfrac{税后现金流量+投资者权益增加值}{权益投资数额}$

C. $投资回报率=\dfrac{税后现金流量+投资者权益增加值+物业增值收益}{权益投资数额}$

D. $投资回报率=\dfrac{税后现金流量+投资者权益增加值+物业增值收益+还本付息}{权益投资数额}$

E. $投资回报率=\dfrac{税后现金流量+投资者权益增加值+物业增值收益-还本付息}{权益投资数额}$

【答案】　CD

# 第四章　收益性物业价值评估

本部分的考试目的是测试应考人员对收益性物业价格及其特征、价格和价值的种类、影响价格的因素、价值评估的基本方法等内容的熟悉程度，以及运用基本的估价技术，在物业资产的购置、经营管理和处置过程中进行价值分析与价格决策的能力和知识水平。

掌握：物业价格的构成，投资价值、市场价值、成交价格、市场价格的联系与区别，市场法、成本法和收益法的用途、适用对象和操作步骤。

熟悉：收益性物业价格及其特征，收益性物业价格和价值的种类，收益法估价的基本公式及其应用。

了解：影响收益性物业价格的因素，市场法和成本法的应用。

## 重点内容

1. 物业价格的特征
2. 收益性物业价格和价值的种类
3. 影响收益性物业价格的因素
4. 收益性物业价值评估的基本方法、内容及步骤

## 第一节　收益性物业的概念

### 本节要点

收益性物业的概念；收益性物业价值高低决定性因素。

### 复习题解

**一、单项选择题**

收益性物业的最核心的东西是（　　）。

A. 物业类型　　　　B. 物业性质　　　　C. 能够带来增值　　　　D. 能够带来未来收益

【答案】D

**二、多项选择题**

1. 以下物业形态中，属于收益性物业的有（　　）。

A. 军队营房　　　　　　　　　B. 空置的写字楼
C. 在租的公寓　　　　　　　　D. 商店
E. 用于出租的标准厂房

【答案】BCDE

2. 收益性物业的价值高低主要取决于（    ）。

A. 投资者的信心　　　　　　　　B. 未来净收益的大小

C. 当前租赁收入的高低　　　　　D. 获得净收益期限的长短

E. 获得净收益的可靠性

【答案】  BDE

## 第二节  收益性物业价格的概念和特征

**本节要点**

物业价格的概念和形成条件；稀缺性和有效需求的概念；物业价格的特征及其理解。

**复习题解**

**一、单项选择题**

1. 四个家庭对住房的需求情况如下：

甲：想购买一套住宅，但是没有足够的资金，买不起

乙：拥有足够的住宅，目前没有购房的打算

丙：既没有资金购买，也不打算购买

丁：想购买，而且也有足够的资金购买

则属于有效需求的是（    ）。

A. 甲　　　　　　B. 乙　　　　　　C. 丙　　　　　　D. 丁

【答案】  D

2. 用来表示物业的从外到内的进的方便程度的术语是（    ）。

A. 便捷性　　　　B. 方便程度　　　C. 可及性　　　　D. 可通达性

【答案】  C

3. 用来表示物业的从内到外的出的方便程度的术语是（    ）。

A. 便捷性　　　　B. 方便程度　　　C. 可及性　　　　D. 可通达性

【答案】  A

4. 现在人们越来越重视的距离是（    ）。

A. 交通路线距离　　　　　　　　B. 最佳交通路线距离

C. 空间直线距离　　　　　　　　D. 交通时间距离

【答案】  D

5. 物业价格实质上是（    ）。

A. 土地价格　　　B. 物业实体价格　C. 物业权益价格　　D. 物业的无形价格

【答案】  C

6. 物业交换代价的价格在经济学上为（    ）。

A. 服务价格　　　B. 源泉价格　　　C. 真实价格　　　　D. 实际价格

【答案】  B

7. 使用物业一定时间的价格在经济学上称为（    ）。

A. 服务价格 　　　 B. 源泉价格 　　　 C. 真实价格 　　　 D. 实际价格

【答案】 A

8. 物业价格与租金的关系，如同（ 　　 ）。

A. 买卖与租赁的关系 　　　　　　 B. 本金与利息的关系

C. 存款与贷款的关系 　　　　　　 D. 现金和存款的关系

【答案】 B

### 二、多项选择题

1. 物业价格的形成要求物业具备的条件有（ 　　 ）。

A. 有用性 　　　　　　　　　　　 B. 时间长久性

C. 稀缺性 　　　　　　　　　　　 D. 有效需求

E. 现实需求

【答案】 ACD

2. 物业的区位除了地理坐标位置，还包括（ 　　 ）。

A. 与国家政治文化中心的直线距离　 B. 到重要场所的距离

C. 从其他地方到达该物业的可及性　 D. 从该物业到达去其他地方的便捷性

E. 该物业周围的环境、景观

【答案】 BCDE

### 三、简答题

物业价格的主要特征有哪些？

【解析】 物业价格的主要特征有：物业价格受区位的影响大、物业价格实质上是物业权益的价格、物业价格既有交换代价的价格，又有使用代价的租金、物业价格形成的时间较长、物业价格容易受交易者个别因素的影响。

## 第三节　收益性物业价值和价格的种类

**本节要点**

使用价值和交换价值的概念及其相互关系；投资价值和市场价值的概念及其评估方法的本质差异、选用指标的差异；成交价格、市场价格和理论价格的概念；买价和卖价之间的关系和在市场中的作用；正常成交价格和非正常成交价格；非正常成交价格的情形；综合价格和单位价格的概念及其相互关系；单位价格的认识；实际价格和名义价格的比较；现房价格和期房价格的关系及其相互换算；起价、标价、成交价和均价的关系；买卖价格和租赁价格的概念，租赁价格的种类及爱包含的内容；市场调节价、政府指导价和政府定价的概念和种类；原始价值、账面价值和市场价值的概念和关系。

**复习题解**

### 一、单项选择题

1. 投资者评估的物业投资价值，可以（ 　　 ）该房地产的市场价格。

A. 小于 　　　 B. 大于 　　　 C. 等于 　　　 D. 小于、大于或等于

【答案】 D

2. 在利用收益法评估物业的投资价值时，采用的折现率是（　　）。

A. 社会一般报酬率　　　　　　　　　B. 社会最低报酬率

C. 某个投资者所要求的最低报酬率　　D. 某个投资者所要求的最高报酬率

【答案】 C

3. 在利用收益法评估物业的市场价值时，采用的折现率是（　　）。

A. 社会一般报酬率　　　　　　　　　B. 社会最低报酬率

C. 某个投资者所要求的最低报酬率　　D. 某个投资者所要求的最高报酬率

【答案】 A

4. 在政府举行的国有土地使用权挂牌出让中，有意购买者委托房地产估价人员为其评估的最高购买价格是一种（　　）。

A. 成交价格　　　B. 投资价值　　　C. 市场价值　　　D. 交换价值

【答案】 B

5. 市场上有一宗物业的卖者，其最低的销售价格为 38 万元，另外一个买者，其原意支付的最高价格为 42 万元，则最可能的成交价格为（　　）。

A. 38 万元　　　　　　　　　　　　B. 38 万～42 万元之间

C. 42 万元　　　　　　　　　　　　D. 不存在

【答案】 B

6. 物业市场价格是某种物业在市场上的（　　）。

A. 成交价格　　　B. 平均水平价格　C. 最高价格　　　D. 最低价格

【答案】 B

7. 供大于求、相对过剩、买方掌握主动权的市场是（　　）。

A. 卖方市场　　　B. 买方市场　　　C. 非正常市场　　D. 非公允市场

【答案】 B

8. 供不应求、相对短缺、卖方掌握主动权的市场是（　　）。

A. 卖方市场　　　B. 买方市场　　　C. 非正常市场　　D. 非公允市场

【答案】 A

9. 在卖方市场情况下，成交价一般会（　　）。

A. 偏向最低卖价　B. 偏向最高买价　C. 偏向最高卖价　D. 偏向最低买价

【答案】 A

10. 在买方市场情况下，成交价一般会（　　）。

A. 偏向最低卖价　B. 偏向最高买价　C. 偏向最高卖价　D. 偏向最低买价

【答案】 B

11. 一般可以反映物业价格水平高低的是（　　）。

A. 单位价格　　　B. 总价格　　　　C. 实际价格　　　D. 名义价格

【答案】 A

12. 市场价格是（　　）。

A. 长期均衡价格　B. 短期均衡价格　C. 实际价格　　　D. 成交价格

【答案】 B

13. 理论价格是（ ）。

A. 长期均衡价格　　B. 短期均衡价格　C. 实际价格　　　　D. 成交价格

【答案】 A

14. 某物业购买价格单价为 3000 元/m²，建筑面积 100m²，卖方给出了四个付款条件供买方选择，对买方而言最佳的条件是（ ）。假定年折现率 5%。

付款条件一：成交时一次付清，优惠 5%；

付款条件二：首期付款 10 万元，余款在一年内分两期支付，每半年分别支付 10 万元；

付款条件三：一年后全部一次付清；

付款条件四：首期支付 5 万元，余款在未来 10 年内以按揭贷款方式按月等额支付。

A. 付款条件一　　　B. 付款条件二　　　C. 付款条件三　　　D. 付款条件四

【答案】 B

15. 某期房尚有一年才能投入使用，与其类似的现房价格为 3500 元/m²，出租的年末净收益为 350 元/m²。假设折现率为 10%，风险补偿估计为现房价格的 3%，该期房目前的价格为（ ）元/m²。

A. 3095　　　　　　B. 3128　　　　　　C. 3200　　　　　　D. 3500

【答案】 A

【解析】 $3500 - \dfrac{330}{1+10\%} - 3500 \times 3\% = 3095$

16. 期房价格与现房价格之间的关系为（ ）。

A. 期房价格＝现房价格－风险补偿

B. 期房价格＝现房价格＋风险补偿

C. 期房价格＝现房价格－预计从期房达到现房期间现房出租的净收益的折现值＋风险补偿

D. 期房价格＝现房价格－预计从期房达到现房期间现房出租的净收益的折现值－风险补偿

【答案】 D

17. 在商品房销售中出现的一组价格是（ ）。

A. 拍卖价格、招标价格、协议价格

B. 起价、标价、成交价、均价

C. 评估价、保留价、起拍价、应价和成交价

D. 买卖价格和租赁价格

【答案】 B

18. 在物业拍卖活动中出现的一组价格是（ ）。

A. 拍卖价格、招标价格、协议价格

B. 起价、标价、成交价、均价

C. 评估价、保留价、起拍价、应价和成交价

D. 买卖价格和租赁价格

【答案】 C

19. 如果法院在民事执行中，一物业的评估价为 150 万元，则其首次确定的最低保留价

为（　　）万元。

 A. 90     B. 105     C. 120     D. 135

【答案】　C

20. 按照第 19 题，若第一次拍卖发生流拍，则第二次拍卖的最低保留价一定不会低于（　　）万元。

 A. 72     B. 84     C. 96     D. 106

【答案】　C

21. 接 20 题，若此次保留价确定为 110 万元，起拍价为 70 万元，最高应价为 90 万元，则此次拍卖结果为（　　）。

 A. 以最高应价 90 万元成交     B. 以 110 万元成交

 C. 在 90 万元和 110 万元之间成交     D. 流拍

【答案】　D

22. 在增价拍卖中，起拍价和保留价的关系是（　　）。

 A. 起拍价一定低于保留价     B. 起拍价最高不高于保留价

 C. 起拍价一定高于保留价     D. 起拍价和保留价相等

【答案】　B

23. 以下房地产价格或价值中，始终不会发生变化的是（　　）。

 A. 评估价     B. 账面价值     C. 原始价值     D. 房屋重置价格

【答案】　C

24. 一项资产的原始价值减去折旧后的余额称为（　　）。

 A. 实际价值     B. 市场价值     C. 理论价值     D. 折余价值

【答案】　D

25. 下列物业价格中，实行政府指导价的是（　　）。

 A. 房改成本价     B. 房改标准价

 C. 经济适用住房出售价格     D. 普通住宅销售价格

【答案】　C

二、多项选择题

1. 以下关于价值的说法中，正确的有（　　）。

 A. 广义的价值有使用价值和交换价值之分

 B. 一种商品的使用价值，是指该种商品能满足人们某种需要的效用

 C. 交换价值，是指该种商品同其他商品相交换的量的关系或比例，通常用货币来衡量

 D. 没有交换价值一定没有使用价值

 E. 使用价值是交换价值的前提，没有使用价值肯定就没有交换价值

【答案】　ABCE

2. 房地产的理论价格又叫（　　）。

 A. 成交价格     B. 市场价格

 C. 自然价格     D. 内在价值

 E. 自然价值

【答案】 CDE

3. 物业单位价格单位组成包括（　　）。

A. 货币
B. 数量
C. 面积
D. 时间
E. 利率

【答案】 AC

4. 要比较物业价格的高低，必须在相同的价格单位下比较。具体要求以下方面相同的有（　　）。

A. 面积单位
B. 面积内涵
C. 币种
D. 货币单位
E. 时间

【答案】 ABCD

5. 以下关于物业特征的说法中，正确的表述有（　　）。

A. 物业价格实质上是物业权益的价格
B. 物业价格既有使用代价的价格，也有交换代价的租金
C. 物业价格与租金的关系，就像资本的本金与利息的关系
D. 物业价格是在长期考虑下形成的
E. 物业价格随交易的需要通常是个别形成的

【答案】 ACDE

6. 市场租金包括的内容有（　　）。

A. 折旧费、维修费
B. 管理费、投资利息
C. 房产税、保险费
D. 地租和利润
E. 营业税、城市维护建设税、教育费附加

【答案】 ABCD

7. 成本租金的组成内容有（　　）。

A. 折旧费、维修费
B. 管理费、投资利息
C. 地租和利润
D. 保险费、营业税及其附加
E. 房产税

【答案】 ABE

8. 以下属于政府定价的物业价格有（　　）。

A. 房改标准价
B. 房改成本价
C. 经济适用住房出售价格
D. 经济适用住房转让价格
E. 市场租金

【答案】 AB

9. 账面价值又称（　　）。

A. 原始价值
B. 实际价值
C. 真实价值
D. 折余价值
E. 账面净值

【答案】 DE

## 第四节　影响收益性物业价格的因素

**本节要点**

物业价格影响因素的认识；人口因素、居民收入因素、物价因素、利率因素、汇率因素、物业税收因素、城市规划因素、交通管制因素以及心理因素对物业价格的影响。

**复习题解**

**一、单项选择题**

1. 在一定时期内因出生和死亡因素的消长，导致的人口数量的增加或减少为（　　）。

A. 人口增长　　　　B. 人口自然增长　　C. 人口机械增长　　D. 人口被动增长

【答案】　B

2. 在一定时期内因迁入和迁出因素的消长，导致的人口数量增加或减少，即迁入的人数与迁出的人数的净差值为（　　）。

A. 人口增长　　　　B. 人口自然增长　　C. 人口机械增长　　D. 人口被动增长

【答案】　C

3. 根据人口增长的绝对数量，人口增长有（　　）几种情况。

A. 人口净增长、人口零增长　　　　　B. 人口零增长和人口负增长

C. 人口净增长、人口负增长　　　　　D. 人口净增长、人口零增长和人口负增长

【答案】　D

4. 反映人口数量的相对指标是（　　）。

A. 人口数量　　　　B. 人口增长率　　　C. 人口密度　　　　D. 人口素质

【答案】　C

5. 一般来说，在其他影响物业价格的因素保持不变的情况下，随着家庭人口规模小型化，物业价格的趋势是（　　）。

A. 不受影响　　　　B. 无法判断　　　　C. 上涨　　　　　　D. 下降

【答案】　C

6. 收入每增价一个单位所引起的消费的变化称为（　　）。

A. 平均消费倾向　　　　　　　　　　B. 单位消费倾向

C. 边际消费倾向　　　　　　　　　　D. 总消费倾向

【答案】　C

7. 以下对物业价格影响不大的收入增加隶属阶层是（　　）。

A. 低收入者　　　　B. 中等收入者　　　C. 中高收入者　　　D. 高收入者

【答案】　A

8. 下列因素中，和利率呈正相关关系的是（　　）。

A. 房价　　　　　　B. 地价　　　　　　C. 折现率　　　　　D. 租金

【答案】　C

9. 物业价格和利率（　　）。

A. 正相关　　　　　　　　　　　　B. 负相关

C. 不相关　　　　　　　　　　　　D. 可正、可负、可无关

【答案】 B

10. 预期我国的人民币价格在未来还要上涨，可以判断中国的物业价格（　　　）。

A. 不变　　　　　　　　　　　　B. 上涨

C. 下降　　　　　　　　　　　　D. 不变、上涨、下降都可能

【答案】 B

## 二、多项选择题

1. 以下关于影响物业价格的因素的说法中，正确的有（　　　）。

A. 通过小区中央修建一条城市主干道对小区内提高小区内物业的价格

B. 通货膨胀属于影响物业价格的一般因素

C. 可以将物业价格影响因素分为自然因素、一般因素、区域因素、个别因素

D. 环境污染、基础设施状况属于影响物业价格的区域因素

E. 不同的物业价格影响因素，与物业价格之间的影响关系是不尽相同的

【答案】 BDE

2. 关于物业价格的影响因素的说法中，正确的有（　　　）。

A. 不同的物业价格影响因素，与物业价格之间的影响关系是不尽相同的

B. 不同的物业价格影响因素，引起物业价格变动的程度是不尽相同的

C. 不同的物业价格影响因素，引起物业价格变动的方向是不尽相同的

D. 物业价格影响因素对物业价格的影响可以用数学公式或数学模型来量化

E. 有些物业价格影响因素对物业价格的影响与时间有关，有些与时间无关

【答案】 ABCE

3. 以下关于物业影响因素的说法中，正确的有（　　　）。

A. 随着时期、地区、物业类型的不同，那些影响较大的因素也许会变为影响较小的因素，甚至没有影响；相反，那些影响较小的因素则有可能成为主要的影响因素

B. 对于不同类型的物业，同一影响因素引起物业价格变动的方向可能是不同的

C. 有的影响因素对物业价格的影响是一向性的

D. 有的影响因素在某一状况下随着这种影响因素的变化会提高（或降低）物业的价格，但在另一状况下却随着这种影响因素的变化会降低（或提高）物业的价格

E. 在与时间有关的影响因素中，引起物业价格变动的速度基本是相同的

【答案】 ABCD

4. 下列人口因素变化，可以使得物业价格上涨的有（　　　）。

A. 人口增长　　　　　　　　　　B. 人口素质提高

C. 家庭人口规模增加　　　　　　D. 家庭人口规模下降

E. 人口密度增加

【答案】 ABD

5. 在地价和房价的关系中，正确的说法是（　　　）。

A. 地价是被动的，房价是主动的　　B. 地价水平一般都是房价决定的

C. 地价是主动的，房价是被动的　　D. 一般情况下，房价上涨都是地价上涨决定的

E. 房地产和地价都不是决定因素，建筑材料价格上涨决定了房价上涨

【答案】 AB

6. 国家提高征收以下的税收之后，物业价格可能下降的是（　　）。

A. 物业开发环节的税收　　　　　　B. 物业交易环节买方的税收

C. 保有物业交易环节卖方的税收　　D. 物业保有环节的税收

E. 物业管理环节的税收

【答案】 CDE

7. 国家提高征收以下的税收之后，物业价格可能上升的是（　　）。

A. 物业开发环节的税收　　　　　　B. 物业交易环节买方的税收

C. 保有物业交易环节卖方的税收　　D. 物业保有环节的税收

E. 物业管理环节的税收

【答案】 AB

# 第五节　收益性物业估价的基本方法

## 本节要点

物业估价的基本方法；市场法的概念、原理、适用对象；估价对象、估价时点、类似物业的概念；市场法的步骤；搜集交易案例的内容；选取可比实例的基本要求；建立价格可比基础的内容和方法；非正常交易情况的种类；税费转嫁的正常成交价格计算；交易日期修正的含义；物业状况修正的方法；成本法的概念及其适用范围、原理；物业价格的构成；物业重新购建价格的含义及其求取路径；建筑物折旧的概念、种类及其计算；收益法的概念、原理及其适用范围、估价步骤；报酬资本化法的计算公式及其应用；物业收益大额求取方法；报酬率的求取方法；直接资本化法的概念及其相关公式和应用。

## 复习题解

### 一、单项选择题

1. 在评估一宗物业的客观合理价格时，一般要求采用的股价方法数量最少为（　　）种。

A. 2　　　　　　B. 3　　　　　　C. 4　　　　　　D. 5

【答案】 A

2. 需要评估的客观合理价格或价值所对应的时间称作（　　）。

A. 价值时间　　B. 估价时间　　C. 估价时点　　D. 价值时点

【答案】 C

3. 需要评估其客观合理价格或价值的具体物业称作（　　）。

A. 估价对象　　B. 估价物业　　C. 评估物业　　D. 价值物业

【答案】 A

4. 与估价对象相同或相当的物业称作（　　）。

A. 估价对象　　B. 类似物业　　C. 相似物业　　D. 比较物业

【答案】　B

5. 市场法适用的对象是（　　）。

A. 具有交易性的物业
B. 具有相似物业特征的物业
C. 具有相同物业特征的物业
D. 具有收益性的物业

【答案】　A

6. 运用市场法估价的步骤一般是（　　）。

A. 搜集交易实例、选取可比实例、对可比实例成交价格进行处理、求取比准价格
B. 搜集交易实例、对可比实例成交价格进行处理、选取可比实例、求取比准价格
C. 对可比实例成交价格进行处理、搜集交易实例、选取可比实例、求取比准价格
D. 选取可比实例、对可比实例成交价格进行处理、搜集交易实例、求取比准价格

【答案】　A

7. 某可比实例的交易总价为 30 万元，其中收付款 20%，余款半年后支付。假定月利率 0.5%，则物业的正常成交价格为（　　）万元。

A. 26.39　　　　　　B. 28.85　　　　　　C. 29.29　　　　　　D. 30

【答案】　C

8. 估价对象的大门损坏，可比实例为全新物业，成交价格 15.80 万元，大门损坏的修复费用为 2.0 万元，则该可比实例物业的成交价格应该调整为（　　）万元。

A. 12.8　　　　　　B. 13.8　　　　　　C. 15.8　　　　　　D. 17.8

【答案】　B

9. 采用市场法进行物业估价，选取的可比实例数量一般至少为（　　）个。

A. 2　　　　　　B. 3　　　　　　C. 4　　　　　　D. 5

【答案】　B

10. 采用市场法进行物业估价，选取的可比实例数量一般最多为（　　）个。

A. 3　　　　　　B. 5　　　　　　C. 7　　　　　　D. 10

【答案】　D

11. 采用市场法进行物业估价，价格换算即是（　　）。

A. 建立价格可比基础
B. 交易情况修正
C. 交易日期调整
D. 物业状况调整

【答案】　A

12. 采用市场法进行物业估价，价格修正即是（　　）。

A. 建立价格可比基础
B. 交易情况修正
C. 交易日期调整
D. 物业状况调整

【答案】　B

13. 某宗物业买卖双方的实际成交价格为 3600 元/m²，其中买方承担全部买卖双方应缴纳的税金，买方和卖方分别在正常情况下应该缴纳的税率分别为正常成交价格的 5% 和 7%，则正常成交价格为（　　）元/m²。

A. 3364　　　　　　B. 3429　　　　　　C. 3711　　　　　　D. 3789

【答案】　B

【解析】　正常成交价格 $=\dfrac{\text{买方实际付出的价格}}{1+\text{应由买方交纳的税费比率}}$

正常成交价格 $=\dfrac{\text{卖方实际付出的价格}}{1-\text{应由买方交纳的税费比率}}$

14. 某宗物业买卖双方的实际成交价格为 3600 元/m²，其中卖方承担全部买卖双方应缴纳的税金，买方和卖方分别在正常情况下应该缴纳的税率分别为正常成交价格的 5% 和 7%，则正常成交价格为（　　）元/m²。

A. 3364　　　　　B. 3429　　　　　C. 3711　　　　　D. 3789

【答案】　D

15. 某可比实例交易价格为 3200 元/m²，为 5 层楼中的 4 层，估价对象为 6 层中的 4 层，其他均相同，其中 5 层楼中 4 层的价格差异系数为 105%，6 层楼中 4 层的价格差异系数为 107%，则楼层修正后的价格为（　　）元/m²。

A. 3140　　　　　B. 3261　　　　　C. 3424　　　　　D. 3360

【答案】　B

【解析】　$3200\times\dfrac{107\%}{105\%}=3261$

$3200\times\dfrac{105\%}{107\%}=3140$

$3200\times107\%=3424$

$3200\times105\%=3360$

16. 建筑物的重建价格采用的是估价时点的（　　）。

A. 建筑材料　　　　　　　　　B. 建筑构配件
C. 建筑设备和建筑技术　　　　D. 国家财税制度和市场价格体系

【答案】　D

【解析】　建筑物的重新购建价格根据建筑物重新建造方式的不同，分为重置价格和重建价格。重置价格又称重置成本，是指采用估价时点时的建筑材料、建筑构配件、建筑设备和建筑技术等，在估价时点时的国家财税制度和市场价格体系下，重新建造与估价对象建筑物具有同等效用的全新建筑物所必需的支出和应获得的利润。重建价格又称重建成本，是指采用与估价对象建筑物相同的建筑材料、建筑构配件、建筑设备和建筑技术等，在估价时点时的国家财税制度和市场价格体系下，重新建造与估价对象建筑物相同的全新建筑物所必需的支出和应获得的利润。

17. 建筑物自然经过的老化与建筑物的（　　）正相关。

A. 使用性质　　　B. 实际年龄　　　C. 使用强度　　　D. 使用年数

【答案】　B

18. 某旧住宅，其重置价格为 45 万元，地面门窗等破旧引起的物质折旧 2 万元，因户型设计引起的功能折旧 5 万元，地区衰落引起的经济折旧 3 万元，该住宅的现值为（　　）万元。

A. 35　　　　　B. 37　　　　　C. 40　　　　　D. 45

【答案】　A

19. 某建筑物重置价值为 45 万元，为 1990 年 3 月 1 日建成投入使用，残值率为 5%，建筑物的经济寿命 40 年，则其到 2007 年 3 月 1 日的折旧总额为（　　）万元。

　　A. 18.17　　　　　　B. 19.13　　　　　　C. 25.88　　　　　　D. 26.83

【答案】 A

20. 接第 19 题，建筑物的现值为（　　）万元。

　　A. 18.17　　　　　　B. 19.13　　　　　　C. 25.88　　　　　　D. 26.83

【答案】 D

21. 收益法的基于以下原理中的（　　）原理。

　　A. 生产费用　　　　B. 预期　　　　　　C. 供求　　　　　　D. 竞争

【答案】 B

22. 某物业出让年限 50 年，已经使用 8 年，预计未来每年净收益 16 万元，该类物业的报酬率 8%，则该物业的收益价格为（　　）万元。

　　A. 184.56　　　　　B. 186.32　　　　　C. 192.11　　　　　D. 195.74

【答案】 C

【解析】 $\dfrac{16}{8\%}\times\left[1-\dfrac{1}{(1+8\%)^{42}}\right]=192.11$ 万元

23. 某宗物业预计未来剩余收益年限为 36 年，未来 5 年的净收益分别为 24 万元、26 万元、29 万元、30 万元、32 万元，从第 6 年开始保持在 33 万元的水平上，报酬率 8%，则该物业的收益价格接近于（　　）万元。

　　A. 366.27　　　　　B. 485.91　　　　　C. 523.86　　　　　D. 1134

【答案】 A

【解析】

$$\dfrac{24}{1+8\%}+\dfrac{26}{(1+8\%)^2}+\dfrac{29}{(1+8\%)^3}+\dfrac{30}{(1+8\%)^4}+\dfrac{32}{(1+8\%)^5}+\dfrac{33}{8\%}$$

$$\times\left[1-\dfrac{1}{(1+8\%)^{31}}\right]\times\dfrac{1}{(1+8\%)^5}=366.27\ \text{万元}$$

24. 物业的物风险报酬率为 5%，投资风险补偿为 3%，管理负担补偿为 2%，缺乏流动性补偿 1.5%，投资风险带来的优惠为 2.5%，则报酬率为（　　）%。

　　A. 8　　　　　　　　B. 9　　　　　　　　C. 10　　　　　　　　D. 11.5

【答案】 B

【解析】 报酬率＝5%＋3%＋2%＋1.5%－2.5%＝9%

**二、多项选择题**

1. 物业估价的基本方法有（　　）。

　　A. 假设开发法　　　　　　　　　　B. 市场法

　　C. 成本法　　　　　　　　　　　　D. 收益法

　　E. 路线价法

【答案】 BCD

2. 以下物业评估可以采用市场法的有（　　）。

　　A. 学校、纪念堂　　　　　　　　　B. 物业开发土地、普通商品住宅

　　C. 高档公寓、别墅　　　　　　　　D. 写字楼、商铺

　　E. 标准厂房

【答案】　BCDE

3. 市场法物业估价中选取的可比实例应符合的基本要求有（　　）。

A. 可比实例物业应是估价对象物业的类似物业

B. 可比实例的成交日期应与估价时点接近

C. 可比实例的交易类型应与估价目的吻合

D. 可比实例的成交价格应为正常市场价格或能够修正为正常市场价格

E. 可比实例的成交价格应与估价物业的价格接近

【答案】　ABCD

4. 对可比实例的成交价格进行处理根据其内涵的不同分为（　　）。

A. 价格换算       B. 价格调理

C. 价格调整       D. 价格计算

E. 价格修正

【答案】　ACE

5. 对可比实例的成交价格进行处理的价格调整包括（　　）。

A. 建立价格可比基础     B. 交易情况修正

C. 交易日期调整      D. 物业状况调整

E. 交易时间调整

【答案】　CD

6. 下列情况下的交易中，成交价格往往偏低的有（　　）。

A. 欠债到期，无奈出售     B. 卖方不了解行情

C. 父子、兄弟之间的交易    D. 卖方对物业有特别动机

E. 卖方应纳税费由买方负担

【答案】　ABC

7. 物业权益状况可以分为（　　）。

A. 区位状况       B. 交易状况

C. 权益状况       D. 实物状况

E. 交易日期状况

【答案】　ACD

8. 下列物业适宜采用成本法估价的有（　　）。

A. 商业用房       B. 军队营房

C. 公园        D. 图书馆

E. 学校

【答案】　BCDE

【解析】　成本法是先分别求取估价对象在估价时点时的重新购建价格和折旧，然后将重新购建价格减去折旧，以求取估价对象客观合理价格或价值的方法。成本法也可以说是以物业价格各构成部分的累加为基础来评估物业价值的方法。因此，成本法中的"成本"，并不是通常意义上的成本，而是价格。

成本法特别适用于那些既无收益又很少发生交易的物业估价，如学校、图书馆、体育场馆、医院、行政办公楼、军队营房、公园等公用、公益的物业，以及化工厂、钢铁厂、发电

厂、油田、码头、机场等有独特设计或只针对个别用户的特殊需要而开发建设的物业。单纯的建筑物通常也是采用成本法估价。在物业保险（包括投保和理赔）及其他损害赔偿中，一般也是采用成本法估价。另外，成本法也适用于物业市场发育不够或者类似物业交易实例较少的地区，在无法运用市场法估价时的物业估价。

9. 土地取得成本包括（　　　）。

A. 农地征收中发生的费用　　　　　　B. 城市房屋拆迁中发生的费用

C. 土地使用权出让金　　　　　　　　D. 购买土地的价款和买方应缴纳的税费

E. 基础设施建设费

【答案】　ABCD

10. 物业开发成本包括（　　　）。

A. 土地取得费用　　　　　　　　　　B. 勘察设计和前期工程费

C. 基础设施建设费和公共配套设施建设费　　D. 房屋建筑安装工程费

E. 开发建设过程中的税费

【答案】　BCDE

11. 投资利息计算的基数包括（　　　）。

A. 土地取得成本　　　　　　　　　　B. 开发成本

C. 管理费用　　　　　　　　　　　　D. 销售费用

E. 销售税费

【答案】　ABC

12. 以下关于物业重新购建价格的说法中，正确的有（　　　）。

A. 物业重新购建价格是物业在估价时点状况下的市场价格

B. 物业重新购建价格是估价时点的价格

C. 物业重新购建价格是客观的价格

D. 物业重新购建价格是全新状况下的价格

E. 物业重新购建价格是对估价对象勘察时的价格

【答案】　BCD

13. 建筑物的折旧根据折旧的原因可分为（　　　）。

A. 有形折旧　　　　　　　　　　　　B. 无形折旧

C. 物质折旧　　　　　　　　　　　　D. 经济折旧

E. 功能折旧

【答案】　CDE

14. 认识和把握建筑物的物质折旧可以从（　　　）几个方面来区分。

A. 自然经过的老化　　　　　　　　　B. 正常使用的磨损

C. 意外破坏的毁损　　　　　　　　　D. 延迟维修的损坏残存

E. 功能上的相对缺乏、落后或过剩

【答案】　ABCD

【解析】　建筑物在功能上的相对缺乏、落后或过剩所造成的建筑物价值损失为功能折旧。

15. 建筑物正常使用的磨损与建筑物的（　　　）正相关。

A. 建设年代 　　　　　　　　　　　 B. 使用年数

C. 使用性质 　　　　　　　　　　　 D. 使用强度

E. 实际年龄

【答案】 BCD

16. 以下物业收益中，可以用于收益法中转化为价值的未来收益主要有（　　）。

A. 潜在毛收入 　　　　　　　　　　 B. 有效毛收入

C. 净营运收益 　　　　　　　　　　 D. 收益损失

E. 租金折扣

【答案】 ABC

**三、简答题**

搜集交易实例的内容有哪些?

【解析】 在搜集交易实例时应尽可能搜集较多的内容，一般包括：①交易实例物业的状况，如名称、坐落、面积、四至、用途、产权、土地形状、建筑物建成年月、周围环境、景观等；②交易双方，如卖方和买方的名称之间的关系；③成交日期；④成交价格，包括计价方式（如按建筑面积计价、按套内建筑面积计价、按使用面积计价、按套计价等）和价款；⑤付款方式，如一次性付款、分期付款（包括付款期限、每期付款额或付款比率）、贷款方式付款（包括首付款比率、贷款期限）；⑥交易情况，如交易目的（卖方为何而卖，买方为何而买），交易方式（如协议、招标、拍卖、挂牌等），交易税费的负担方式，有无利害关系人之间的交易（关联交易）、急卖急买、人为哄抬等特殊交易情况。

# 第五章 房地产市场与市场分析

**考试要点**

本部分的考试目的是测试应考人员对房地产市场及其特性、房地产市场供求关系、房地产市场结构与描述指标、房地产市场分析内容与方法和物业经营管理计划等内容的熟悉程度,分析房地产市场并据此制定物业经营管理计划的能力和知识水平。

掌握:物业经营管理计划及其编制,计划的主要内容和表现方式。

熟悉:房地产市场的特性与功能,房地产市场的供求规律,房地产市场的结构、细分方式。

了解:反映和描述房地产市场状况的指标,房地产市场的运行环境和影响因素,政府干预房地产市场的原则、手段和措施。

**重点内容**

1. 房地产市场的构成及影响其转变的因素
2. 房地产市场结构的构成
3. 房地产供给的主要指标
4. 房地产市场的特性与功能
5. 房地产市场分析的内容
6. 物业管理规划及制定的基本原则
7. 物业管理计划的分类
8. 编制物业经营管理计划的基础工作内容
9. 物业管理计划的主要内容

## 第一节 房地产市场概述

**本节要点**

房地产市场的概念、房地产市场的运行环境及其包含的内容;推动房地产市场转变的社会经济力量及其包含的内容。

**复习题解**

**一、单项选择题**

1. 把房地产市场作为一个中心体时,其周围各种影响因素的总和为( )。

A. 房地产市场运行环境
B. 房地产市场运行机制
C. 房地产市场运行规律
D. 房地产市场变化环境

【答案】 A

2. 家庭生命周期属于影响房地产市场发展的社会经济因素中的（　　）。

A. 政治因素　　　　　B. 社会因素　　　　　C. 经济因素　　　　　D. 政策因素

【答案】 B

3. 住房分配和消费政策属于影响房地产市场发展的社会经济因素中的（　　）。

A. 政治因素　　　　B. 社会因素　　　　C. 经济因素　　　　D. 政策因素

【答案】 D

4. 人口数量及状态属于影响房地产市场发展的社会经济因素中的（　　）。

A. 政治因素　　　　　B. 社会因素　　　　　C. 经济因素　　　　　D. 政策因素

【答案】 B

5. 物价水平属于影响房地产市场发展的社会经济因素中的（　　）。

A. 政治因素　　　　　B. 社会因素　　　　　C. 经济因素　　　　　D. 政策因素

【答案】 C

6. 家庭的数量及其结构属于房地产市场运行环境中的（　　）内容。

A. 社会环境　　　　　B. 政治环境　　　　　C. 经济环境　　　　　D. 资源环境

【答案】 A

7. 利率和通货膨胀属于房地产市场运行的（　　）环境内容。

A. 经济　　　　　　　B. 社会　　　　　　　C. 政策　　　　　　　D. 政治

【答案】 A

8. 基础设施条件属于房地产市场运行的（　　）环境内容。

A. 经济　　　　　　　B. 社会　　　　　　　C. 政策　　　　　　　D. 政治

【答案】 A

二、多项选择题

1. 房地产市场的构成要素包括（　　）。

A. 主体、客体　　　　　　　　　B. 价格

C. 资金　　　　　　　　　　　　D. 运行机制

E. 获利

【答案】 ABCD

2. 下列影响房地产市场的影响因素中，属于社会环境的因素包括（　　）。

A. 城市总体经济发展水平　　　　B. 家庭的数量及其结构

C. 政治体制、政局稳定性　　　　D. 各地的风俗习惯和民族特点

E. 人口的数量及其文化

【答案】 BDE

3. 以下影响房地产市场的影响因素中，属于政治环境的因素包括（　　）。

A. 现行法律与相关政策　　　　　B. 政府能力、政策连续性

C. 政治体制、政局稳定性　　　　D. 技术水平、技术政策

E. 政府和公众对待外资的态度

【答案】 BCE

4. 以下影响房地产市场的影响因素中，属于技术环境的因素包括（　　）。

A. 技术水平、技术政策　　　　　B. 新产品开发能力

C. 产业和结构布局　　　　　　　　D. 技术发展动向

E. 基础设施状况、利率和通货膨胀

【答案】　ABD

5. 影响房地产市场发展的社会经济因素有（　　）。

A. 社会因素　　　　　　　　　　　B. 政治因素

C. 政策因素　　　　　　　　　　　D. 经济因素

E. 国际因素

6. 以下属于影响房地产市场发展的社会因素的有（　　）。

A. 传统观念及消费心理　　　　　　B. 社会福利

C. 人口数量及状态、家庭户数及规模　D. 家庭生命周期

E. 家庭收入水平

【答案】　ABCD

7. 以下属于影响房地产市场发展的经济因素的有（　　）。

A. 经济发展状况　　　　　　　　　B. 住房分配和消费政策

C. 家庭收入水平及分布　　　　　　D. 物价水平、工资及就业水平

E. 房价租金比

【答案】　ACDE

8. 以下属于影响房地产市场发展的政策因素的有（　　）。

A. 社会福利　　　　　　　　　　　B. 房地产供给政策

C. 住房分配和消费政策　　　　　　D. 房地产金融政策

E. 房地产产权与交易政策、房地产价格政策

【答案】　BCDE

9. 房地产市场运行的经济环境包括（　　）。

A. 城市或区域的总体经济发展水平　B. 就业、支付能力

C. 产业与结构布局、基础设施状况　D. 利率和通货膨胀

E. 家庭的数量及其结构

【答案】　ABCD

# 第二节　房地产市场的供求关系

**本节要点**

影响房地产市场需求的因素及其影响效果；影响房地产市场供给的因素及其影响效果；房地产市场的机制。

**复习题解**

**一、单项选择题**

1. 如果降低交易税费，个人住房需求的变动方向将是（　　）。

A. 减少　　　　B. 增加　　　　C. 不发生变化　　　　D. 不确定

【答案】 B

2. 如果居民收入增加，个人对住房需求的变动方向将是（ ）。

A. 减少　　　　　B. 增加　　　　　C. 不发生变化　　　　　D. 不确定

【答案】 B

3. 如果其他条件保持不变，一个地方经济适用住房的价格上涨，对普通商品房的需求会（ ）。

A. 增加　　　　　B. 减少　　　　　C. 不变　　　　　D. 无法判断

【答案】 A

4. 如果其他条件保持不变，住房租金上涨，购买住房的数量会（ ）。

A. 增加　　　　　B. 减少　　　　　C. 不变　　　　　D. 无法判断

【答案】 A

5. 如果其他因素不变，收入水平提高，需求曲线的变动情况是（ ）。

A. 需求曲线向左移动　　　　　B. 需求曲线向右运动

C. 需求曲线上的点从上往下移动　　　　　D. 需求曲线上的点从下往上移动

【答案】 B

6. 如果其他因素不变，居民预期未来住房抵押贷款利率可能上调，需求曲线的变动情况是（ ）。

A. 需求曲线向左移动　　　　　B. 需求曲线向右运动

C. 需求曲线上的点从上往下移动　　　　　D. 需求曲线上的点从下往上移动

【答案】 A

7. 房地产供给曲线的正确描述是（ ）。

A. 供给曲线是一条自左向右上方倾斜的直线

B. 供给曲线是一条自左向右上方倾斜的曲线

C. 供给曲线是一条自左上方向右下方倾斜的直线

D. 供给曲线是一条自左上方向右下方倾斜的曲线

【答案】 B

8. 如果其他条件不发生变化，房地产开发成本提高之后，会发生直接变化的是（ ）。

A. 房地产需求曲线向右平移　　　　　B. 房地产需求曲线向左平移

C. 房地产供给曲线向右平移　　　　　D. 房地产供给曲线向左平移

【答案】 D

9. 国家提高土地出让金标准，会引起的直接变化是（ ）。

A. 房地产需求曲线向右平移　　　　　B. 房地产需求曲线向左平移

C. 房地产供给曲线向右平移　　　　　D. 房地产供给曲线向左平移

【答案】 D

10. 国家如果降低土地出让价格、降低征地标准，以下会发生的结果是（ ）。

A. 房地产需求曲线向右平移　　　　　B. 房地产需求曲线向左平移

C. 房地产供给曲线向右平移　　　　　D. 房地产供给曲线向左平移

【答案】 C

11. 北京市取得 2008 年奥运会主办权后，预期北京市的房地产价格要上涨，以下发生的结果是（ ）。

A. 房地产需求曲线向右平移　　　　B. 房地产需求曲线向左平移

C. 房地产供给曲线向右平移　　　　D. 房地产供给曲线向左平移

【答案】 C

12. 房地产市场供给曲线和需求曲线的交点为（ ）。

A. 市场平衡点　　　B. 市场均衡点　　　C. 市场平等点　　　D. 收支平衡点

【答案】 B

二、多项选择题

1. 如果居民有以下预期，可以引起住房需求增加的情况有（ ）。

A. 土地供给充足　　　　　　　　　B. 未来住房抵押贷款利率可能下调

C. 收入上升　　　　　　　　　　　D. 土地资源供给限制

E. 未来住房抵押贷款利率可能上调

【答案】 BCD

2. 在其他条件不发生变化，发生的以下变化情况中，能使房地产价格上涨的有（ ）。

A. 收入增加　　　　　　　　　　　B. 政府对购买房地产给予补贴

C. 预期未来房地产价格上涨　　　　D. 物业管理收费水平大幅提高

E. 汽车停车位价格上涨

【答案】 ABC

3. 下列商品中，属于普通住宅替代品的有（ ）。

A. 经济适用住房　　　　　　　　　B. 二手房

C. 公寓　　　　　　　　　　　　　D. 商场

E. 写字楼

【答案】 ABC

4. 以下可以推动个人住房需求增多的情况有（ ）。

A. 降低交易税费　　　　　　　　　B. 提高交易税费

C. 停止住房实物分配　　　　　　　D. 预期未来价格上涨

E. 预期未来价格下降

【答案】 ABCD

5. 以下可以带动住房供给减少的情况有（ ）。

A. 开发成本上涨　　　　　　　　　B. 建筑材料价格下降

C. 提高土地补偿标准　　　　　　　D. 降低住房开发贷款利率

E. 预计未来住房价格上涨

【答案】 ABC

# 第三节　房地产市场运行结构与市场指标

**本节要点**

房地产市场的主要结构关系；房地产市场细分方法；房地产市场指标种类、包含的指标内容及其相互关系。

**复习题解**

## 一、单项选择题

1. 将房地产市场按照存量增量划分可以将房地产市场划分为（　　）。

A. 一级市场、二级市场、三级市场

B. 居住物业市场、商业物业市场、工业物业市场、特殊物业市场、土地市场等

C. 房地产买卖市场、房地产租赁市场、房地产抵押市场

D. 低档物业市场、中低档物业市场、中档物业市场、中高档物业市场和高档物业市场

【答案】　A

2. 按照交易形式划分，可以将房地产市场划分为（　　）。

A. 一级市场、二级市场、三级市场

B. 居住物业市场、商业物业市场、工业物业市场、特殊物业市场、土地市场等

C. 房地产买卖市场、房地产租赁市场、房地产抵押市场

D. 低档物业市场、中低档物业市场、中档物业市场、中高档物业市场和高档物业市场

【答案】　C

3. 土地交易的实质是（　　）的交易。

A. 土地所有权　　　　B. 土地使用权　　　　C. 土地占有权　　　　D. 土地收益权

【答案】　B

4. 某城市 2006 年年初存量住房面积 2400 万 $m^2$，当年新竣工住房面积 156 万 $m^2$，开工面积 154 万 $m^2$，空置住房面积 90 万 $m^2$，拆迁住房面积 30 万 $m^2$，则 2007 年年初该城市住房存量面积为（　　）万 $m^2$。

A. 2436　　　　　　　B. 2526　　　　　　　C. 2590　　　　　　　D. 2680

【答案】　B

【解析】　报告期存量＝上期存量＋报告期竣工量－报告期灭失量

5. 接第 4 题，报告期住房的空置率为（　　）。

A. 3.36%　　　　　　B. 3.47%　　　　　　C. 3.56%　　　　　　D. 3.69%

【答案】　C

【解析】　空置率＝空置量/存量

6. 某城市 2005 年可供住房销售量为 160 万 $m^2$，吸纳量为 136 万 $m^2$，2006 年竣工量为 142 万 $m^2$，吸纳量为 128 万 $m^2$，则 2006 年该城市住房可销售面积为（　　）万 $m^2$。

A. 38　　　　　　　　B. 142　　　　　　　C. 166　　　　　　　D. 302

【答案】　C

【解析】　可供租售量＝上期可供租售数量－上期吸纳量＋本期竣工量

7. 某城市 2006 年新开工房屋面积 236 万 $m^2$，2005 年开工的未完工 2006 年继续施工的房屋面积 120 万 $m^2$，2005 年停建但 2006 年恢复建设的房屋面积 12 万 $m^2$，在 2006 年新开工的房屋中当年停建房屋面积 6 万 $m^2$，则 2006 年的房屋施工面积为（　　）万 $m^2$。

A. 236　　　　　　　B. 356　　　　　　　C. 368　　　　　　　D. 372

【答案】　C

【解析】 房屋施工面积＝本期新年开工的面积＋上年开工跨入本期继续施工的房屋面积＋上期停建在本期恢复施工的房屋面积

8. 房屋的开工以（    ）的日期为准。

A. 取得开工证                          B. 地基处理

C. 打永久桩                            D. 地基处理或打永久桩

【答案】 D

【解析】 地基处理或打永久桩，也可以称作是正式开工破槽日期。

9. 题义同第 7 题，2006 年当年新竣工面积为 246 万 $m^2$，则平均建设周期为（    ）年。

A. 0.96            B. 1.45            C. 1.50            D. 1.51

【答案】 C

平均建设周期＝房屋施工面积/新竣工面积

10. 竣工房屋价值一般按（    ）计算。

A. 房屋设计和预算规定的内容，结算的价格

B. 房屋设计和决算计算的内容、结算的价格

C. 房屋设计和合同约定的价值

D. 房屋设计和实际支付的价款

【答案】 A

11. 国民生产总值的表现形态有（    ）。

A. 价值形态、收入形态和产品形态          B. 价值形态、支出形态和产品形态

C. 价值形态、投资形态和消费形态          D. 收入形态、产品形态和投资形态

【答案】 A

12. 国民生产总值的计算方法有（    ）。

A. 收入法、消费法和投资法                B. 生产法、收入法和支出法

C. 价值法、收入法、生产法                D. 生产法、投资法和消费法

【答案】 B

13. 题义同第 6 题，2006 年该城市住房销售的吸纳率为（    ）。

A. 0.85%            B. 0.90%            C. 1.11%            D. 1.18%

【答案】 B

【解析】 吸纳率＝吸纳量/可租售面积

14. 题义同第 6 题，2006 年该城市住房销售的吸纳周期为（    ）年。

A. 0.85            B. 0.90            C. 1.11            D. 1.18

【答案】 C

【解析】 吸纳周期＝可租售面积/吸纳量

吸纳周期＝1/吸纳率

15. 中国目前现有房地产价格统计，是基于各类物业的（    ）。

A. 平均价格        B. 最高价格        C. 最低价格        D. 最可能价格

【答案】 A

二、多项选择题

1. 空置量是指报告期末已竣工的可供销售或出租的商品房屋建筑面积中，尚未销售或

出租的商品房屋建筑面积，不包括（　　　）。

 A. 以前年度竣工和本期竣工的房屋面积  B. 报告期已竣工的拆迁还建房屋面积

 C. 统建代建房屋面积      D. 公共配套建筑房屋面积

 E. 自用周转房屋面积

 【答案】　BCDE

2. 商品零售物价的变动直接影响到的有（　　　）。

 A. 城乡居民生活支出     B. 国家的财政收入

 C. 居民购买力和市场供求的平衡  D. 消费和积累的比例关系

 E. 城乡和居民收入

 【答案】　ABCD

3. 城市家庭总支出包括（　　　）。

 A. 消费性支出       B. 证券等投资支出

 C. 转移性支出和社会保障支出  D. 财产性支出

 E. 购房建房支出

 【答案】　ACDE

4. 计算城市家庭可支配收入需要从家庭总收入中扣除的项目有（　　　）。

 A. 交纳的所得税      B. 个人储蓄存款

 C. 个人交纳的社会保障费   D. 记账补贴后的收入

 E. 个人购房建房支出

 【答案】　ACD

5. 以下房地产市场指标中，反应供给状况的指标有（　　　）。

 A. 空置量        B. 销售量

 C. 出租量        D. 房地产价格

 E. 竣工房屋价值

 【答案】　AE

 【解析】　反应供给量的指标包括：存量、新竣工量、灭失量、空置量、空置率、可供租售量、房屋施工面积、房屋新开工面积、平均建设周期、竣工房屋价值。

 反应需求状况的指标包括：国内生产总值、人口数、城市家庭人口、就业人员数量、就业分布、城镇登记失业率、城市家庭可支配收入、城市家庭总支出、房屋空间使用数量、商品零售价格指数、城市居民消费价格指数。

 反应市场交易的指标包括：销售量、出租量、吸纳量、吸纳率、吸纳周期、预售面积、房地产价格指数、房地产价格、房地产租金。

## 第四节　房地产市场的特征与功能

**本节要点**

 房地产市场的基本特性；房地产市场的功能；房地产市场政府干预的目标、手段。

**复习题解**

### 一、单项选择题

1. 房地产是人类的（　　）。

A. 基本　　　　　B. 高档　　　　　C. 最高　　　　　D. 生理

【答案】 A

2. 房地产交易是（　　）的流转及其在界定。

A. 房地产产品　　B. 房地产产权　　C. 房地产实体　　D. 房地产空间

【答案】 B

3. 以下关于房地产价格的说法中，正确的是（　　）。

A. 房地产价格总体上是要下降的

B. 房地产现实价格是在短期内集体形成的

C. 房地产现实价格是在长期内个别形成的

D. 房地产价格不受交易主体个别因素的影响

【答案】 C

4. 土地供应政策的核心是（　　）。

A. 土地规划　　　B. 土地供应计划　　C. 土地价格　　　D. 土地用途管制

【答案】 B

5. 以下住房中，属于具有社会保障性质的政策性商品住房的是（　　）。

A. 普通住房　　　B. 经济适用住房　　C. 廉租住房　　　D. 公寓

【答案】 B

6. 以下完全由政府控制其供应、分配和经营的住房是（　　）。

A. 普通住房　　　B. 经济适用住房　　C. 廉租住房　　　D. 公寓

【答案】 C

7. 以下是我国房地产市场的主要组成部分的是（　　）。

A. 市场价商品住房　　B. 经济适用住房　　C. 廉租住房　　　D. 公寓

【答案】 A

8. 在一定时期内，调控房地产价格时，间接通过的以下方式，其中最有效的是（　　）。

A. 建造成本　　　　　　　　　　B. 专业费用和管理费用

C. 财务费用和税金　　　　　　　D. 地价

【答案】 D

### 二、多项选择题

1. 房地产市场供给的特点包括（　　）。

A. 房地产市场供给缺乏弹性　　　　B. 房地产市场供给具有非同质性

C. 房地产市场供给具有高度垄断性　　D. 房地产市场供给需要市场完全竞争性

E. 房地产市场供给主体间的竞争不充分

【答案】 ABCE

2. 房地产市场需求的特点主要包括（　　）。

A. 房地产市场需求具有垄断性

B. 房地产市场需求具有广泛性

C. 房地产市场需求具有多样性

D. 房地产市场需求常需要借助金融信贷进行融资

E. 房地产市场需求具有主体间的竞争不充分

【答案】　BCD

3. 实现房地产市场持续健康发展的主要标志是（　　　）。

A. 市场交易主体基本不变　　　　　　B. 市场供求总量基本平衡

C. 供求结构基本合理　　　　　　　　D. 市场价格基本稳定

E. 市场消费支出总量基本不变

【答案】　BCD

4. 政府干预房地产市场的目标通常包括（　　　）。

A. 实现房地产市场持续健康发展

B. 使存量房地产资源得到最有效的使用

C. 保证为各类生活需要提供适当的入住空间

D. 引导新建项目的位置选择

E. 满足城市建设的需要

【答案】　ABCD

5. 政府宏观调控房地产市场的手段包括（　　　）。

A. 土地供应政策与住房政策　　　　　B. 金融政策与税收政策

C. 租金和价格政策　　　　　　　　　D. 城市规划与地价政策

E. 人口和计划生育政策

【答案】　ABCD

6. 政府调控住房价格的目的是（　　　）。

A. 保持住房价格的稳定

B. 避免住房价格泡沫的形成

C. 保证中低收入家庭住房需求能够得到适当的满足

D. 保证房地产价格在低价位水平运行

E. 防止房地产开发企业赚取更多的利润

【答案】　BC

7. 以下关于土地供应政策对房地产市场影响的有关说法中，正确的有（　　　）。

A. 政府的土地供应政策对房地产市场的运行和发展具有决定性的影响

B. 土地供应计划对房地产开发投资调节的功效非常直接和显著

C. 土地供应计划所确定的土地供给数量和结构，直接影响着房地产开发的规模和结构，对房地产开发商的盲目和冲动形成有效的抑制

D. 通过土地供应计划对房地产市场机能性宏观调控，要求政府必须拥有足够的土地储备和供给能力

E. 科学的土地供应计划，应与国民经济发展规划和城市规划相协调，不能有任何的恶弹性

【答案】　ABCD

8. 以下关于金融政策对房地产市场影响的说法中，正确的有（　　　）。

A. 个人抵押贷款利率和贷款价值比率的调整，会明显影响居民购房支付能力，进而影响居民购房需求的数量

B. 房地产开发贷款利率、现代规模和发放条件的调整，会影响房地产开发商的成本，进而影响其开发建设规模和商品房供给数量产生显著影响

C. 外商投资政策、房地产资产证券化政策以及房地产资本市场创新渠道的建立，会通过影响房地产资本市场上的供求关系，进而起到对房地产开发、投资和消费行为的调节作用

D. 发展房地产金融，通过信贷规模、利率水平、贷款条件、金融创新等金融政策调节房地产市场，是政府调控房地产市场的一个重要手段

E. 房地产金融政策，包括利率政策、土地供应政策、住房政策，都对房地产的供求关系产生影响

【答案】　ABCD

9. 以下对土地配置，因而对房地产市场的运行起到重要作用的规划有（　　　）。

A. 城市控制性详细规划　　　　　　　　B. 国民经济和社会经济发展规划

C. 城市规划　　　　　　　　　　　　　D. 土地利用总体规划

E. 土地供应计划

【答案】　BCDE

# 第五节　房地产市场分析

**本节要点**

房地产市场分析的概念、作用；市场区域的概念，影响市场区域和大小的关键因素；房地产市场分析的内容及其构成。

**复习题解**

**一、单项选择题**

1. 房地产开发投资、置业投资，以及政府管理部门对房地产实施宏观调控，其决策的关键是（　　　）。

A. 了解房地产金融的风险和支持体系

B. 把握房地产市场供求关系的变化规律

C. 把握房地产市场和政府宏观调控的关系

D. 把握消费者的消费倾向和消费能力

【答案】　B

2. 估算物业的吸纳率和吸纳量的分析属于（　　　）。

A. 供给分析　　　　B. 需求分析　　　　C. 竞争分析　　　　D. 市场占有率分析

【答案】　D

二、多项选择题

1. 房地产市场分析的任务是通过房地产信息的收集、分析和加工处理，（    ）。

A. 寻找其内在的规律和含义

B. 预测市场未来的发展趋势

C. 帮助房地产市场的参与者掌握市场变动、把握市场机会或调整其市场行为

D. 用以完全规避和防范房地产市场的风险

E. 调控房地产市场价格和租金，满足中低收入家庭的住房需求

【答案】 ABC

2. 房地产市场分析中，在宏观因素分析过程中，要收集和分析的数据包括（    ）。

A. 国家和地方的国民生产总值及其增长速度、人均国内生产总值

B. 人口规模与结构、居民收入、就业状况

C. 社会政治稳定性、政府法规政策完善程度和连续性程度

D. 产业结构、三资企业数量及结构、国内外投资的规模与比例、各行业投资收益率、通货膨胀率

E. 房地产当前的存量、过去的走势和未来可能的供给

【答案】 ABCD

3. 房地产市场供求分析包括（    ）。

A. 政府政策分析  B. 供给分析

C. 需求分析  D. 竞争分析

E. 市场占有率分析

【答案】 BCDE

4. 房地产市场分析中，对写字楼物业重点分析的相关因素有（    ）。

A. 交通通达程度  B. 目标物业的周边环境

C. 目标物业与周围商业设施的关系  D. 内外设计的平面布局

E. 物业所在地区的购买力水平

【答案】 ABCD

【解析】 不同类型物业需要重点分析的内容包括：

（1）居住物业。重点了解目标物业周围地区住宅的供求状况、价格水平、对现有住宅满意的程度和对未来住房的希望，以确定目标物业的装修、室内设备配置标准。

（2）写字楼项目。首先要研究项目所处地段的交通通达程度，目标物业的周边环境及与周围商业设施的关系。还要考虑内外设计的平面布局、特色与格调、装修标准、大厦内提供公共服务的内容、满足未来潜在使用者的特殊需求和偏好等。

（3）商业零售物业。要充分考虑物业所处地区的流动人口和常住人口的数量、购买力水平以及该地区对零售业的特殊需求，还要考虑购物中心的服务半径及附近其他购物中心、中小型商铺的分布情况。

（4）工业或仓储物业。重点考察未来入住者的意见，如办公、生产和仓储用房的比例、大型运输车辆通道和生产工艺的特殊要求，以及对隔声、抗震、通风、防火、起重设备安装等的特殊要求。

# 第六节　物业经营管理计划

**本节要点**

物业管理计划的表现形式；制定物业经营管理计划的基础工作；物业管理计划的主要内容；物业管理计划的预算技术。

**复习题解**

## 一、单项选择题

1. 物业管理计划中，属于战术性计划的是（　　）。

A. 月度计划　　　　B. 年度计划　　　　C. 中短期计划　　　　D. 长期计划

【答案】　B

【解析】　物业管理计划包括年度计划、中短期计划和长期计划。年度计划是一种运行计划，属于战术层次的计划；中短期计划则介于战术层次和策略层次之间，通常以物业管理企业与业主签署的委托管理合同约定的合同有效期周期，通常为3～5年；长期计划则属于策略层次的计划，通常以物业的剩余使用寿命为限。

2. 制定物业管理计划的前提是明确（　　）。

A. 物业管理企业的经营目标　　　　　　B. 承租人的目标

C. 业主的目标　　　　　　　　　　　　D. 政府的目标

【答案】　C

3. 出租策略的目标是使（　　）。

A. 物业总体出租收入最大化　　　　　　B. 业主资产价值最大化

C. 物业管理企业经营收入最大化　　　　D. 政府税收最大化

【答案】　A

4. 物业管理经营计划的核心是（　　）。

A. 租赁计划　　　　　　　　　　　　　B. 建筑物管理计划

C. 预算计划　　　　　　　　　　　　　D. 业主沟通计划

【答案】　C

5. 财务收支计划的体现形式是（　　）。

A. 租赁计划　　　　　　　　　　　　　B. 建筑物管理计划

C. 预算计划　　　　　　　　　　　　　D. 业主沟通计划

【答案】　C

## 二、多项选择题

1. 制定物业经营管理计划的基础性工作有（　　）。

A. 区域宏观市场环境分析　　　　　　　B. 房地产市场分析

C. 邻里分析与业主目标　　　　　　　　D. 物业现状分析

E. 建筑物管理策略

【答案】　ABCD

2. 建筑物管理计划的内容主要包括（　　　）。

A. 租赁计划　　　　　　　　　　　B. 建筑物维护的标准

C. 建筑物管理策略　　　　　　　　D. 物业检查计划

E. 公共设施服务的内容

【答案】 BCDE

3. 租赁方案建立的基础是（　　　）。

A. 市场分析　　　　　　　　　　　B. 物业分析

C. 财务收支计划　　　　　　　　　D. 运营预算

E. 资本支出预算

【答案】 AB

4. 出租计划包括（　　　）。

A. 财务收支计划　　　　　　　　　B. 建筑物管理计划

C. 租金方案　　　　　　　　　　　D. 出租策略

E. 业主沟通计划

【答案】 CD

5. 出租策略包括的内容有（　　　）。

A. 租期长短　　　　　　　　　　　B. 租户类型的匹配策略、独立出租单元大小

C. 采用何种租金方式　　　　　　　D. 管理服务水平与租户优惠与补贴方式选择

E. 预算计划

【答案】 ABCD

6. 在物业管理中经常用到的预算形式种类主要有（　　　）。

A. 年度运营预算　　　　　　　　　B. 资本支出预算

C. 长期预算　　　　　　　　　　　D. 投资预算

E. 现金预算

【答案】 ABC

## 三、简答题

1. 在对物业现状分析之前，应该对物业的哪些状况进行检查，并仔细做好记录？

【解析】

（1）建筑物内有多少套或多少平方米可出租房屋。如果是住宅，每套房屋的面积有多大、居室数目有多少。

（2）物业令人满意程度（外观印象、建成年代、建筑形式、平面布局、通道、公共空间、租户的特征）如何。

（3）可出租物业的吸引力（平面布局、方位、视野、设备、附属设施、总体的现代化程度）如何。

（4）建筑物的实体（屋顶、墙体、楼板、门窗、楼梯、电梯）状况如何；维修得怎样；维修是否及时；废弃的部分能否修好；功能上有不当的地方能否纠正；有无需要请结构工程师来进行安全鉴定的问题。

（5）建筑物的室内装饰、公共空间、卫生设备、供暖设施、供电系统等的状况如何。

（6）提供有什么样的休闲、娱乐场所及设施；它们的实体及外观状况如何。

（7）土地与建筑物的关系（如停车场、分区规划）如何。建筑物及土地可否使用的更为合理有效。

（8）建筑物的现行管理标准是什么；在租户选择、购买控制、租金收缴、维修及管理等方面的现行政策和程序如何。

（9）当前的出租率、租金水平及租户构成如何。

（10）当前物业管理师的情况如何；每个人的工作态度、能力、学习及目标怎样。

2. 目前适用的物业及小评估的评估指标包括哪些内容？

【解析】　①预算租值与实际租值的比较；②实际与预计的资本价值的增长；③收益率，即物业的竞争状况和预期的风险与其市场竞争对手的比较；④资本回报率，即收益和物业资本价值的比较；⑤净收益，即毛收益减去成本；⑥空置水平；⑦服务收费水平；⑧拖欠租金和坏账；⑨财务内部收益率；⑩对于机构投资者来说物业在其房地产投资组合中的位置。

# 第六章 租赁管理

## 考试要点

本部分考试目的是测试应考人员对物业租赁的形式、租赁管理与租赁方案、租赁合同的构成要素和物业租赁管理中的客户关系管理等的知识水平和实际应用能力。

掌握：物业租赁的特点，租金确定与调整的方法。

熟悉：物业租赁的分类方法，租赁管理的工作内容，租赁方案与租赁策略，租赁合同的基本条款。

了解：物业租赁管理的模式和房屋租赁行政管理的内容，租赁管理中的市场营销工作，客户关系管理及其在租赁管理中的应用。

## 重点内容

1. 房屋租赁的特征
2. 物业租赁的分类方式
3. 物业租赁管理模式的类型
4. 租赁管理的工作内容
5. 租赁方案与策略主要涉及的工作内容
6. 经营性物业的租金水平的确定
7. 房屋租赁合同的基本条款
8. 实施客户关系管理的目的与内容

## 第一节 物业租赁概述

### 本节要点

物业租赁的概念及其含义、特点；物业租赁的分类及其相关的概念；物业租赁管理模式、具体做法和双方责任与利弊；物业租赁登记备案的一般程序、房屋租赁的条件、房屋租赁中的违法行为及处罚。

### 复习题解

**一、单项选择题**

1. 房屋租赁契约必须是（　　）。

A. 要式合同　　　　B. 不要式合同　　　　C. 抵押合同　　　　D. 买卖合同

【答案】　A

2. 由国家授权的单位即国有企事业单位自行管理的房屋租赁属于（　　）。

A. 直管公房租赁　　　　B. 自管公房租赁　　　　C. 私房租赁　　　　D. 他管房屋租赁
【答案】 B

3. 直管公房所有权的代表是（　　　）。

A. 各级人民政府　　　　　　　　　　B. 各级人民政府办公厅（室）
C. 房地产行政主管部门　　　　　　　D. 物业管理行政主管部门
【答案】 C

4. 私房租赁房屋是一种（　　　）行为。

A. 资产经营　　　　B. 资本经营　　　　C. 资金管理　　　　D. 资本管理
【答案】 A

5. 因租约一方死亡租赁行为自动中止的房屋租赁行为是（　　　）。

A. 定期租赁　　　　B. 不定期租赁　　　　C. 自动延期租赁　　　　D. 意愿租赁
【答案】 D

6. 按照房屋租赁期限约定模式的不同，房屋租赁可分为（　　　）。

A. 公房租赁、私房租赁　　　　　　　B. 定期租赁、自动延期租赁和意愿租赁
C. 居住房屋租赁和非居住房屋租赁　　D. 短期租赁、中短期租赁和长期租赁
【答案】 B

7. 中短期房屋租赁的租期一般为（　　　）年。

A. 2～3　　　　B. 3～4　　　　C. 4～5　　　　D. 5～10
【答案】 B

8. 净租通常在（　　　）中采用。

A. 短期租赁　　　　B. 中期租赁　　　　C. 中短期租赁　　　　D. 长期租赁
【答案】 D

9. 大型购物中心通常采用的租金形式是（　　　）。

A. 毛租　　　　B. 净租　　　　C. 百分比租金　　　　D. 固定租金
【答案】 C

10. 当出租人仅收取百分比租金时，通常对承租人营业收入的（　　　）作出规定作为其获得最低租金收入的保障。

A. 平均水平　　　　B. 上限　　　　C. 下限　　　　D. 最可能值
【答案】 C

11. 包租转租模式的业主责任包括（　　　）。

A. 负责物业的租金　　B. 收取包租的租金　　C. 负责物业的管理　　D. 承担市场风险
【答案】 B

12. 物业管理企业能够赚取物业管理正常对外管理费用之外，还能从经租活动中获取一定的批零差价的物业租赁管理模式是（　　　）。

A. 自管模式　　　　B. 包租转租模式　　　　C. 出租代理模式　　　　D. 委托管理模式
【答案】 B

13. 经租的风险完全由业主承担的物业管理模式是（　　　）。

A. 自管模式　　　　B. 包租转租模式　　　　C. 出租代理模式　　　　D. 委托管理模式
【答案】 D

14. 业主只获得物业管理和服务费用的物业管理模式是（    ）。

A. 自管模式　　　　B. 包租转租模式　　　C. 出租代理模式　　　D. 委托管理模式

【答案】 D

15. 房屋租赁实行租赁登记制度，其核心是对合法有效的房屋租赁行为办法是（    ）。

A. 房屋租赁权证　　　　　　　　　　　B. 房屋租赁证

C. 房屋租赁使用权证　　　　　　　　　D. 房屋租赁许可证

【答案】 B

16. 物业管理企业获得全部租金的物业管理模式是（    ）。

A. 自管模式　　　　B. 包租转租模式　　　C. 出租代理模式　　　D. 委托管理模式

【答案】 D

## 二、多项选择题

1. 以下关于物业租赁的说法中，正确的有（    ）。

A. 物业租赁是房地产市场中的一种主要交易形式

B. 物业租赁出租人必须是房屋所有权人

C. 物业租赁出租人必须是房屋所有权人

D. 转租也是出租，转租人成为出租人

E. 出租人将房屋出租给承租人使用，包括承租人居住或从事经营活动，但不包括利用
自有房屋以联营、承包经营、入股经营或合作经营等名义出租或转租房产

【答案】 ABC

2. 房屋租赁具有的特征包括（    ）。

A. 房屋租赁只转移房屋权属的使用权，不转移房屋权属的所有权

B. 房屋租赁的标的是作为特定物的房屋

C. 房屋租赁关系是一种经济要式契约关系

D. 房屋租赁关系因所有权转移而中止

E. 房屋租赁双方都必须是符合法律规定的责任人

【答案】 ABCE

3. 出租房屋的出租人必须是（    ）。

A. 所有权人　　　　　　　　　　　B. 所有权人指定的委托人

C. 合法的承租人　　　　　　　　　D. 法定的代理人

E. 合法承租人指定的委托人

【答案】 ABD

4. 房屋租赁租金采用净租的，以下费用可以由承租人承担的有（    ）。

A. 水电热煤气费　　　　　　　　　B. 房产税、保险费

C. 物业维护和修缮费　　　　　　　D. 物业管理费

E. 物业维修资金

【答案】 ABCD

5. 将物业租赁的物业租金分为毛租、净租和百分比租金是根据出租人所收取的租金中
是否包含一部分费用的全部或部分，这部分费用是（    ）。

A. 折旧费　　　　　　　　　　　　B. 管理费

C. 税费
D. 物业管理费

E. 承租单元内部的能源使用费

【答案】 CDE

6. 物业租赁根据业主对物业管理企业委托内容与要求的不同，可将物业租赁管理模式分为（ 　　 ）。

A. 自管模式
B. 包租转租模式

C. 出租代理模式
D. 委托管理模式

E. 连锁经营模式

【答案】 BCD

7. 房屋租赁审查的内容主要包括（ 　　 ）。

A. 合同的主体
B. 合同的客体

C. 合同的内容
D. 合同的租金标准

E. 合同的租赁行为和有关税费

【答案】 ABCE

8. 以下属于不得出租房屋的情形为（ 　　 ）。

A. 未依法取得《房屋所有权证》的、权属有争议的

B. 共有房屋取得共有人同意的

C. 已抵押，未经抵押权人同意的

D. 属于违章建筑的和不符合安全标准的

E. 不符合公安、环保、卫生等主管部门有关规定的

【答案】 ACDE

# 第二节　租赁管理与租赁方案

**本节要点**

　　租赁管理的概念与内容；租赁方案与策略主要涉及的内容；租户选择考虑的主要准则；租金的计算单位和所含的内容；基础租金和附加租金；租赁管理中市场营销的主要目的，推广物业宣传的内容。

**复习题解**

**一、单项选择题**

1. 在制定租赁方案时，需要首先确定的事项是（ 　　 ）。

A. 租金方案
B. 能够对外出租的面积和租赁方式

C. 租赁经营预算
D. 吸引租户的策略

【答案】 B

2. 租赁管理的核心是（ 　　 ）。

A. 租赁方式
B. 目标市场的确定

C. 租金方案
D. 租赁经营预算

【答案】 C

3. 租户选择是租赁管理的（　　）。

A. 核心内容　　　　　B. 附属内容　　　　　C. 一般内容　　　　　D. 附带内容

【答案】 A

4. 经营性物业的租金水平，主要取决于（　　）。

A. 物业出租经营成本　　　　　　　　B. 业主期望的回报率

C. 经营物业的投资回报　　　　　　　D. 当地房地产市场的状况

【答案】 D

## 二、多项选择题

1. 租约执行过程中，租赁管理工作的主要内容包括（　　）。

A. 房屋空间交付　　　　　　　　　　B. 收取租金

C. 租金调整　　　　　　　　　　　　D. 租户关系管理

E. 房屋投资

【答案】 ABCD

2. 租约期满时，租赁管理的主要工作集中在（　　）。

A. 租金调整　　　　　　　　　　　　B. 租金结算

C. 租约续期或房屋空间收回管理　　　D. 租赁方案与策略

E. 租约谈判与签约管理

【答案】 BC

3. 租约签订前，租赁管理的主要工作内容包括（　　）。

A. 制定租赁方案与策略　　　　　　　B. 租户选择

C. 租金确定　　　　　　　　　　　　D. 房屋空间交付

E. 租约谈判与签约管理

【答案】 ABCE

4. 租赁方案与策略主要涉及到的有关内容有（　　）。

A. 租赁备案管理　　　　　　　　　　B. 制定租赁经营预算

C. 定位目标市场　　　　　　　　　　D. 明确吸引租户的策略

E. 确定可出租面积和租赁方式、租金方案

【答案】 BCDE

5. 租赁经营预算中包括的内容有（　　）。

A. 预期收益估计　　　　　　　　　　B. 允许的空置率水平

C. 经营费用　　　　　　　　　　　　D. 租金方案

E. 目标市场定位

【答案】 ABC

6. 从理论上讲，租金的确定要以（　　）来确定。

A. 社会平均投资回报率　　　　　　　B. 物业出租经营成本

C. 业主希望的投资回报率　　　　　　D. 业主希望的最高投资回报率

E. 物业价值

【答案】 BC

7. 以下关于物业租赁目标市场的有关说法中，正确的有（　　）。

A. 物业租赁所面向的目标市场群体，由该物业所处子市场的需求决定

B. 物业的档次决定了其在该物业类型市场中所处的位置

C. 物业所处区域的商业特征会影响到租赁对象的构成

D. 业主的要求会影响到对目标租户群体的定位

E. 在物业的不同子市场中，需求群体有明显的特征

【答案】 BCDE

8. 市场营销人员宣传其所推广的物业的做法通常利用的是（　　）。

A. 物业的管理成本　　　　　　　　B. 价格优势

C. 物业本身的素食　　　　　　　　D. 良好的声誉

E. 经济实用

9. 租赁管理的对象包括（　　）。

A. 写字楼　　　　　　　　　　　　B. 宾馆

C. 零售商业物业　　　　　　　　　D. 普通商品住宅

E. 出租公寓

【答案】 ACE

10. 在租约签订前，租赁管理工作的主要内容包括（　　）。

A. 制定租赁方案和策略　　　　　　B. 租金调整和租户关系管理

C. 租户的选择、租金确定　　　　　D. 租约谈判

E. 签约管理

【答案】 ACDE

### 三、简答题

1. 业主采用净租金方式的，业主需要明确哪些内容？租户应该如何保护自己的权益？

【答案】 如果业主采用净租金的形式，业主需要明确要支付哪些费用；哪些费用是属于代收代缴费用；哪些费用是按租户所承租的面积占整个物业总可出租面积的比例来收取；哪些费用主要取决于租户对设备设施和能源使用的程度。租户在租金外还需支付的费用项目都要在租约中仔细规定。

租户为了保护自己的利益，有时还会和业主就租金外的一些主要费用项目（如公用面积维护费用）协商出一个上限，以使租户对自己应支付的全部承租费用有一个准确的数量概念。

2. 经营性物业的基础租金如何确定？租金调整应该注意哪些问题？

【答案】 经营性物业的租金水平，主要取决于当地房地产市场的状况（即市场供求关系和在房地产周期中处于过量建设、调整、稳定、发展中的哪一个阶段）。在确定租金时，一般应首先根据业主希望达到的投资收益率目标和其可接受的最低租金水平（即能够抵偿抵押贷款还本付息、经营费用和空置损失的租金）确定一个基础租金。

房地产市场中供求变化比较剧烈，租金和价格也往往处于波动之中，因此需根据市场状况经常对租金水平进行调整。对于租期较短的租户，可设定一个租金水平，在租期中保持不变，而如果租户需要再次续租，需要按照当时的租金水平重新签订租约。对于租期较长的租户（例如 3～5 年以上），为保护业主和租户双方的利益，需要在租约中对租金如何调整作出明确的规定。

## 第三节　房屋租赁合同

**本节要点**

房屋租赁合同的概念和法律特征；房屋租赁合同的基本条款。

**复习题解**

### 一、单项选择题

1. 租赁合同的核心是（　　）。

A. 租赁的主体　　　B. 租赁的客体　　　C. 租金标准　　　D. 租赁期限

【答案】　C

2. 承担租赁房屋的修缮责任（　　）。

A. 由国家法律给予界定　　　　　　　B. 由地方政府规定

C. 由租赁双方在租赁合同中明确　　　D. 由房地产行政主管部门确定

【答案】　C

3. 房屋承租人将承租的房屋再出租的行为称为（　　）。

A. 房屋再出租　　　B. 房屋重复出租　　　C. 房屋转租　　　D. 房屋反租

【答案】　C

4. 无正当理由，拖欠房屋租金（　　）个月以上的，出租人可以终止租赁合同。

A. 3　　　　　　　B. 6　　　　　　　C. 9　　　　　　　D. 12

【答案】　B

5. 合同到期承租人需要继续租用的，应当在租赁合同届满前（　　）个月提出。

A. 1　　　　　　　B. 2　　　　　　　C. 3　　　　　　　D. 6

【答案】　C

### 二、多项选择题

1. 以下关于房屋租赁合同的说法中，正确的有（　　）。

A. 房屋租赁合同是双务合同　　　　　B. 房屋租赁合同是有偿合同

C. 房屋租赁合同是诺成合同　　　　　D. 房屋租赁合同是不要式合同

E. 房屋租赁合同是继续性合同

【答案】　ABCE

【解析】　房屋租赁合同是债权合同、要式合同、双务合同、有偿合同、诺成合同、继续性合同。

2. 以下关于房屋租赁合同的说法中，正确的有（　　）。

A. 房屋租赁合同是单务合同　　　　　B. 房屋租赁合同是无偿合同

C. 房屋租赁合同是实践合同　　　　　D. 房屋租赁合同是要式合同

E. 房屋租赁合同是继续性合同

【答案】　DE

3. 以下关于房屋转租的说法中，正确的有（　　）。

A. 房屋转租，应当订立转租合同，转租合同除符合房屋租赁合同的有关规定之外，还必须在合同中有原出租人书面签字同意，或有原出租人同意的书面证明

B. 转租合同无需办理登记备案手续

C. 转租合同的终止日期不得超过原租赁合同规定的终止日期，但出租人与转租双方协商约定的除外

D. 转租合同生效后，转租人享有并承担新的租赁合同规定的出租人的权利和义务，并且应当履行原租赁合同规定的承租人的义务，但出租人与转租双方另有约定的除外

E. 转租期间，原租赁合同变更、解除或者终止，转租合同也随之相应的变更、解除或者终止

【答案】　ACDE

4. 以下情况发生租赁合同终止属于自然终止的有（　　　）。

A. 租赁合同到期

B. 当事人协商一致的

C. 公有住宅用房无正当理由闲置 6 个月以上的

D. 因不可抗力致使租赁合同不能继续履行的

E. 符合法律规定或者合同约定可以变更或解除合同条款的

【答案】　ABDE

5. 以下情况发生租赁合同终止属于人为终止的有（　　　）。

A. 将承租的房屋擅自转租的

B. 将承租的房屋擅自转让、转借他人或私自调换使用的

C. 将承租的房屋擅自拆改结构或改变承租房屋使用用途的

D. 无正当理由，拖欠房屋租金 3 个月以上的；公有住宅用房无正当理由闲置 3 个月以上的

E. 承租人利用承租的房屋进行违法活动的；故意损坏房屋的

【答案】　ABCE

### 三、简答题

1. 房屋租赁合同的基本条款有哪些？

【解析】　房屋租赁合同的基本条款有：当事人姓名或者名称及住所，房屋坐落、面积、装修及设施状况，租赁用途，租赁期限，租金及支付方式，房屋的修缮责任，转租的规定，变更和解除合同的条件，租赁双方的权利与义务，当事人约定的其他条款。

2. 关于租赁期限的合同条款的执行，出租人的责任和权利有哪些？

【解析】　出租人应当按照租赁合同规定的期限将出租房屋交给承租人使用，并保证租赁合同期内承租人的正常使用；租赁期满后，出租人有权收回房屋；出租人在租赁合同期满前需要收回房屋时，应当事先征得承租人同意，并赔偿承租人的损失；收回住宅用房时，同时要做好承租人的住房安置。承租人有义务在房屋租赁期满后返还所承租的房屋。如需继续租用原租赁的房屋，应当在租赁期满前，征得出租人的同意，并重新签订租赁合同。

在实践中有一些未定租赁期限的租赁合同。未定租赁期限，房屋所有人要求收回房屋自住的，一般应当准许；承租人有条件搬迁的，应当搬迁；如果承租人搬迁确有困难的，可给予一定期限让其找房或腾退部分房屋。

3. 房屋租赁，租赁双方的权利义务各有哪些？

【解析】 （1）出租人的权利与义务

出租人的权利包括：有按期收取租金的权利；有监督承租人按合同规定合理使用房屋的权利；有依法收回出租房屋的权利；有向用户宣传、贯彻执行国家房管政策和物业管理公约、管理规定等权利。

出租人的义务包括：有按照合同规定提供房屋给承租人使用的义务；有保障承租人合法使用房屋的义务；有保障承租人居住安全和对房屋装修、设备设施进行正常维修的义务；有组织住户、依靠群众管好房屋，接受租户监督，不断改进工作的义务。

（2）承租人的权利与义务

承租人的权利包括：有按照租约所列的房屋、规定的用途使用房屋的权利；有要求保障房屋安全的权利。对非人为的房屋与设备损坏，有权要求出租人维修、护养；出租房屋出售时，有优先购买权；有对物业管理状况进行监督、建议的权利；经出租人同意有转租获利的权利。

承租人的义务包括：有按期交纳租金的义务；有按约定用途合理使用房屋，不得私自转租、转让他人的义务；有维护原有房屋、爱护使用、妥善保管的义务；有遵守有关国家政府法规和物业管理规定的义务。

# 第四节　租户关系管理

**本节要点**

客户关系管理的含义；4Ps 的内容；4C 的内容；CRM 的本质；租赁管理中的租户关系管理。

**复习题解**

**一、单项选择题**

1. 市场营销中的 4P 是指（　　）。

A. 客户、成本、渠道、方便性　　　　　B. 产品、价格、渠道、促销

C. 知识、挑战、方便性、促销　　　　　D. 客户、成本、渠道、促销

【答案】 B

2. 市场营销中的 4C 是指（　　）。

A. 客户、成本、渠道、方便　　　　　　B. 产品、价格、渠道、促销

C. 知识、挑战、方便性、促销　　　　　D. 客户、成本、渠道、促销

【答案】 A

3. CRM 是一种以（　　）为中心的企业管理理论、商业策略和企业运作实践。

A. 成本　　　　　B. 利润　　　　　C. 客户　　　　　D. 价格

【答案】 C

4. CRM 倡导的营销管理思想和方法是以（　　）为中心的。

A. 成本　　　　　B. 利润　　　　　C. 客户　　　　　D. 价格

【答案】 C

5. CRM 的本质是（　　　）。

A. 客户产品差别化管理 　　　　　　B. 客户价值差别化管理

C. 客户价格差别化管理 　　　　　　D. 客户成本差别化管理

【答案】 B

6. 实际的 CRM 包括的层次是（　　　）。

A. 管理思想层、软件产品层、管理系统层　　B. 战略管理层、战术管理层、操作层

C. 高级管理层、中级管理层、操作管理层　　D. 上级管理层、同级管理层、下级管理层

【答案】 A

7. 在 CRM 管理层次中，CRM 概念的核心是（　　　）。

A. 管理系统 　　　B. 管理软件 　　　C. 管理思想 　　　D. 管理机关

【答案】 C

## 二、多项选择题

1. 以下关于 CRM 的有关说法中正确的有（　　　）。

A. CRM 是选择和管理有价值客户及其关系的一种商业策略

B. CRM 是要求以客户为中心的商业哲学和企业文化来支持有效的市场营销、销售与服
务流程

C. CRM 是一种以"客户价值"为中心的企业管理理论、商业策略和企业运作实践

D. CRM 是一种手段，它的根本目的是通过不断改善客户关系、互动方式、资源调配、
业务流程和自动化程度等，达到降低运营成本、提高企业销售收入、客户满意度和
员工生产力的目的

E. CRM 在本质上是一种企业管理软件

【答案】 ABCD

2. CRM 的最终实现的目的包括（　　　）。

A. 减少客户纠纷 　　　　　　　　　B. 保留客户

C. 客户忠诚 　　　　　　　　　　　D. 客户创利

E. 赢得客户

【答案】 BCDE

3. CRM 的目的是（　　　）。

A. 降低运营成本 　　　　　　　　　B. 提高企业销售收入

C. 提高客户满意度 　　　　　　　　D. 提高员工生产力

E. 增加职工工资收入

【答案】 ABCD

【解析】 教材中关于 CRM 的目的有几种说法，但是其基本内容是一致的。

4. CRM 的主要创新体现在（　　　）。

A. CRM 充分体现了新的营销论中以客户为导向的核心理念

B. CRM 是一种倡导企业以利润为中心的营销管理思想和方法，在应用时通过络技术来
实施

C. CRM 主导着企业的销售与服务运作，企业以自身为出发点来面对外部的市场环境，

围绕着 Product（产品）、Price（价格）、Place（渠道）、Promotion（促销）——"4P"进行营销管理

D. CRM 运用先进的信息技术、网络技术进行营销，使 IT 技术成为企业经营、发展、创新的根本性和决定性力量

E. CRM 实现了营销管理重点的创新，将营销管理的外部资源利用与内部价值创新充分整合，并为客户提供差异化的服务，使客户价值最大化

【答案】 ADE

5. CRM 的作用包括（    ）。

A. 能够整合客户、企业、员工等各种资源

B. 能够提高企业、员工对客户的响应、反馈速度和应变能力

C. 能够提高企业销售收入

D. 能够改善企业服务，提高客户满意度

E. 能够保证企业永远处于不败之地

【答案】 ABCD

6. 在租赁管理中实施 CRM 主要涉及的工作包括（    ）。

A. 租户的选择和细分                    B. 建立详细的租户档案

C. 租赁期内的服务和租金缴交的管理      D. 数据统计与分析

E. 个性化服务

【答案】 BCDE

# 第七章 成本管理

本部分的考试目的是测试应考人员对物业管理成本及其分类，成本估算方法，成本预算与编制方法，成本控制等知识的熟悉程度，以及从事物业管理企业成本管理工作的能力和知识水平。

掌握：物业管理成本及其分类和估算方法。

熟悉：成本预算编制工作的基本要求、成本预算的类型，成本运算编制程序，成本日常管理工作的内容。

了解：成本控制原则、程序与组织体系。

**重点内容**

1. 物业管理企业的成本的构成
2. 物业管理企业收取物业管理服务费的方式
3. 物业管理服务成本估算的主要内容
4. 成本预算、固定预算、弹性预算的区别
5. 零基预算的基本要求
6. 滚动预算与概率预算的计算方法
7. 物业管理成本控制的内容、分类与原则
8. 成本日常管理的工作内容

## 第一节 物业管理中的成本及其分类

**本节要点**

物业管理成本的构成；物业管理成本的分类。

**复习题解**

**一、单项选择题**

1. 在一定时期内，物业管理企业为受托物业提供管理服务而发生的直接管理成本，称为（　　）。

A. 直接成本　　　　B. 管理成本　　　　C. 营业成本　　　　D. 经营成本

**【答案】** C

2. 一定时期内物业管理企业发生的，用货币额表现的生产费用称为物业管理企业的（　　）。

A. 物业管理费用　　B. 生产费用　　　　C. 经营费用　　　　D. 营业费用

【答案】 B

3. 物业管理企业为特定物业提供物业管理服务所支出的各种生产费用之和，是这些物业的（　　）。

A. 物业管理成本　　B. 物业经营成本　　C. 物业营业成本　　D. 物业生产成本

【答案】 A

4. 物业管理企业在提供物业管理服务过程中发生的，与物业管理服务活动没有直接联系，属于某一会计期间耗用的费用为（　　）。

A. 间接费用或期间费用　　　　　　　B. 间接费用或经营管理费用

C. 期间费用或经营管理费用　　　　　D. 间接费用或管理费用

【答案】 C

5. 物业管理企业经营共用设施设备，支付的有偿使用费，计入（　　）。

A. 营业成本　　　　　　　　　　　　B. 管理费用

C. 递延资产　　　　　　　　　　　　D. 营业成本或管理费用

【答案】 A

6. 物业管理企业支付的管理用房有偿使用费，计入（　　）。

A. 营业成本　　　　　　　　　　　　B. 管理费用

C. 递延资产　　　　　　　　　　　　D. 营业成本或管理费用

【答案】 D

7. 物业管理企业对管理用房进行装饰装修发生的支出，计入（　　）。

A. 营业成本　　　　　　　　　　　　B. 管理费用

C. 递延资产　　　　　　　　　　　　D. 营业成本或管理费用

【答案】 C

8. 物业管理企业对管理用房进行装饰装修发生的支出，在有效使用期限内，分期摊入（　　）。

A. 营业成本　　　　　　　　　　　　B. 管理费用

C. 递延资产　　　　　　　　　　　　D. 营业成本或管理费用

【答案】 D

9. 将物业管理成本分为营业成本、期间费用或经营管理费用是依据成本的（　　）。

A. 经济性质　　　B. 经济用途　　　C. 与业务量的关系　　D. 与决策的关系

【答案】 B

10. 将物业管理成本分为固定成本、变动成本和半固定伙伴变动成本是依据成本的（　　）。

A. 经济性质　　　B. 经济用途　　　C. 与业务量的关系　　D. 与决策的关系

【答案】 C

11. 按照计算依据不同可以将物业管理成本划分为（　　）。

A. 营业成本、期间费用或经营管理费用

B. 固定成本、变动成本和半固定伙伴变动成本

C. 目标成本、定额成本、计划成本、时间成本

D. 边际成本、差异成本、机会成本、估计成本、沉没成本、可缓成本、可免成本、附加价值成本

【答案】 C

12. 以下物业管理成本是按照与决策的关系划分的一组是（　　）。

A. 营业成本、期间费用或经营管理费用

B. 固定成本、变动成本和半固定伙伴变动成本

C. 目标成本、定额成本、计划成本、时间成本

D. 边际成本、差异成本、机会成本、估计成本、沉没成本、可缓成本、可免成本、附加价值成本

【答案】 D

13. 在目标利润已经确定的基础上所要求实现的期望成本是（　　）。

A. 目标成本　　　　B. 定额成本　　　　C. 计划成本　　　　D. 实际成本

【答案】 A

14. 依据材料消耗定额确定材料成本、依据工时定额确定人工成本、依据费用标准确定生产成本，由此而得出的成本是（　　）。

A. 目标成本　　　　B. 定额成本　　　　C. 计划成本　　　　D. 实际成本

【答案】 B

15. 计划期经过预测而预算出来，并要求执行的物业管理成本是（　　）。

A. 目标成本　　　　B. 定额成本　　　　C. 计划成本　　　　D. 实际成本

【答案】 C

16. 以下成本中，属于指令性的成本是（　　）。

A. 目标成本　　　　B. 定额成本　　　　C. 计划成本　　　　D. 实际成本

【答案】 C

17. 在一定资源条件下，物业管理企业选择某住宅小区物业管理项目，所放弃其他住宅小区物业管理项目或收益性物业管理项目潜在收益为（　　）。

A. 差异成本　　　　B. 边际成本　　　　C. 估计成本　　　　D. 机会成本

【答案】 D

18. 在一定物业管理服务量水平下，增加或减少一个单位服务量所引起成本总额的变动是（　　）。

A. 差异成本　　　　B. 边际成本　　　　C. 估计成本　　　　D. 机会成本

【答案】 B

二、多项选择题

1. 下列成本费用中，列入物业管理企业营业成本的有（　　）。

A. 直接人工费　　　　　　　　　　B. 直接材料费

C. 间接费用　　　　　　　　　　　D. 管理费用

E. 劳动保险费

【答案】 ABC

2. 下列费用中，属于期间费用或经营管理费用的有（　　）。

A. 间接费用　　　　　　　　　　　B. 管理费用

C. 财务费用　　　　　　　　　　　D. 直接人工费

E. 直接材料费

【答案】 BCDE

3. 以下费用列入管理费的有（　　）。

A. 公司经费　　　　　　　　　　　B. 绿化费

C. 土地损失补偿费　　　　　　　　D. 排污费

E. 管理费用

【答案】 ABCD

【解析】 管理费用是物业管理企业行政管理部门为管理和组织物业管理服务活动而发生的各项费用，包括公司经费、工会经费、职工教育经费、劳动保险费、待业保险费、董事会费、咨询费、审计费、诉讼费、排污费、绿化费、税金、土地使用费、土地损失补偿费、技术转让费、技术开发费、无形资产摊销、开办费摊销、业务招待费、坏账损失、存货盘亏、毁损和报废（减盘盈）损失以及其他管理费用等（注：实行一级成本核算的物业管理企业，营业成本中可不设间接费用，直接将间接费用全部计入管理费用）。

4. 以下物业管理单位的费用中，属于物业管理企业间接费用的有（　　）。

A. 物业管理单位管理人员的工资、奖金及福利费

B. 固定资产折旧费和修理费

C. 公司经费、工会经费、职工教育经费

D. 劳动保险费、待业保险费、董事会费

E. 水电费、取暖费、办公费、差旅费、邮电通信费

【答案】 ABE

【解析】 间接费用，包括企业所属物业管理单位管理人员的工资、奖金及职工福利费、固定资产折旧费及修理费、水电费、取暖费、办公费、差旅费、邮电通信费、交通运输费、租赁费、财产保险费、劳动保护费、保安费、绿化维护费、低值易耗品摊销及其他费用等。

5. 物业管理企业的财务费用包括（　　）。

A. 利息净支出　　　　　　　　　　B. 汇兑净损失

C. 营业外净支出　　　　　　　　　D. 金融机构手续费

E. 公司筹资发生的其他费用

【答案】 ABDE

6. 按照现行财务制度规定，下列支出不得列入成本的有（　　）。

A. 购置和建造固定资产、无形资产和其他资产的支出

B. 对外投资支出

C. 被没收的财产，支付的滞纳金、罚款、违约金、赔偿金，以及企业的赞助、捐赠支出

D. 公司为筹资和办理各种结算业务而支付给银行和非银行金融机构的各种手续费

E. 国家法律、法规规定之外的各种付费以及国家规定不得列入成本、费用的其他支出

【答案】 ABCE

7. 以下成本费用属于非比例变动成本的有（　　）。

A. 原材料成本　　　　　　　　　　B. 辅助材料成本

C. 辅助燃料成本　　　　　　　　　　D. 动力成本

E. 物业管理师的基本工资

【答案】 BCD

# 第二节　成本估算方法

**本节要点**

主要成本项目的构成；福利基金、工会基金、教育经费的计算按照工资总额的14%、2%和1.5%来计提；部分费用是月费用、部分费用是年费用，都需要换算成单位面积单位月费用。

# 第三节　成 本 预 算

**本节要点**

成本预算的功用；成本预算的基本要求；成本预算的编制方法；固定预算、弹性预算、零基预算、滚动预算和概率预算的概念和编制方法；成本预算得恶编制方式、编制程序；不同成本的预算编制。

**复习题解**

**一、单项选择题**

1. 物业管理企业成本管理的起点是（　　）。

A. 成本估算　　　B. 成本预算　　　C. 成本核算　　　D. 成本控制

【答案】 B

2. 以过去的实际费用支出为基础，考虑预算期内相关因素，如业务量水平可能发生的变动及其影响，在过去实际费用基础上增加或减少一定的百分比确定出的预算为（　　）。

A. 固定预算　　　B. 概率预算　　　C. 弹性预算　　　D. 滚动预算

【答案】 A

3. 如果物业管理企业现有的业务活动是企业必需的，原有的各项开支都是合理的，增加费用预算是值得的可以采用的成本预算编制方法是（　　）。

A. 固定预算　　　B. 概率预算　　　C. 弹性预算　　　D. 滚动预算

【答案】 A

4. 完全根据预算期业务活动的需要和各项业务的轻重缓急，对各支出项目进行逐个分析和计量，从而制定费用预算的预算编制方法是（　　）。

A. 零基预算　　　B. 概率预算　　　C. 弹性预算　　　D. 滚动预算

【答案】 A

5. 物业管理企业常用的预算编制方式为（　　）。

A. 一上一下式　　　B. 一下一上式　　　C. 二上一下式　　　D. 二下一上式

【答案】 D

6. 编制营业成本预算，应以（　　）预算为基础。

A. 成本　　　　　　　B. 直接成本　　　　　C. 收入　　　　　　　D. 利润

【答案】　C

7. 编制管理费用预算的最佳方法是（　　）。

A. 零基预算　　　　　B. 概率预算　　　　　C. 弹性预算　　　　　D. 滚动预算

【答案】　A

## 二、多项选择题

1. 物业管理企业成本预算的编制方法主要有（　　）。

A. 固定预算　　　　　　　　　　　B. 变动预算

C. 弹性预算　　　　　　　　　　　D. 零基预算

E. 滚动预算和概率预算

【答案】　ACDE

2. 弹性成本预算主要能适用于（　　）。

A. 生产费用弹性预算　　　　　　　B. 管理费用弹性预算

C. 财务费用弹性预算　　　　　　　D. 直接人工费用弹性预算

E. 弹性利润预算

【答案】　ABE

3. 编制弹性成本预算的主要方法有（　　）。

A. 图形法　　　　　　　　　　　　B. 列表法

C. 公式法　　　　　　　　　　　　D. 头脑风暴法

E. 专家咨询法

【答案】　BC

4. 滚动预算包括的方式有（　　）。

A. 逐周滚动　　　　　　　　　　　B. 逐月滚动

C. 逐年滚动　　　　　　　　　　　D. 逐季滚动

E. 混合滚动

【答案】　BDE

5. 某物业管理企业要编制成本预算，需要收集的资料包括（　　）。

A. 预算期业务量、物资采购情况和工资情况等有关资料

B. 材料消耗定额、工时消耗定额和费用消耗定额等有关定额资料

C. 上级下达的成本降低指标等资料以及本企业上年度的实际成本以及行业同类管理服务水平的成本资料等

D. 国家有关成本开支规定及编制成本预算的要求等资料

E. 企业预期的目标利润、税金水平等资料

【答案】　ABCD

6. 物业管理企业发生的财务费用包括（　　）。

A. 利息支出　　　　　　　　　　　B. 汇兑损失

C. 金融机构手续费　　　　　　　　D. 罚没支出

E. 其他财务费用

【答案】　ABCE

# 第四节　成本控制

**本节要点**

成本控制的含义与分类；成本控制点额原则与程序；成本控制的组织体系；成本的日常管理。

**复习题解**

## 一、单项选择题

1. 按成本控制的时间不同，成本控制包括（　　）。

A. 事先控制、事中控制和事后控制　　B. 随机控制和计划控制

C. 前馈性控制、防护性控制和反馈性控制　D. 主体控制、客体控制和手段控制

【答案】　A

2. 按成本控制的机制划分，成本控制包括（　　）。

A. 事先控制、事中控制和事后控制　　　B. 随机控制和计划控制

C. 前馈性控制、防护性控制和反馈性控制　D. 主体控制、客体控制和手段控制

【答案】　C

3. 设计阶段的成本控制为（　　）。

A. 事前控制　　　　B. 事后控制　　　　C. 事中控制　　　　D. 过程控制

【答案】　A

4. 考核阶段的成本控制是（　　）。

A. 事前控制　　　　B. 事后控制　　　　C. 事中控制　　　　D. 过程控制

【答案】　B

5. 成本控制的中心环节是（　　）。

A. 事前控制　　　　B. 事后控制　　　　C. 反馈性控制　　　D. 过程控制

【答案】　D

6. 着眼于将来工作改进的成本控制是（　　）。

A. 事前控制　　　　B. 事后控制　　　　C. 事中控制　　　　D. 过程控制

【答案】　B

7. 例外原则主要用于成本的（　　）。

A. 事前控制　　　　B. 事后控制　　　　C. 事中控制　　　　D. 反馈控制

【答案】　C

8. 下列物业管理企业成本控制中心服务质量的定量考核指标中，最具综合性的服务质量评价指标是（　　）。

A. 物业完好率　　　B. 重大事故发生率　C. 业主满意率　　　D. 物业增值率

【答案】　D

## 二、多项选择题

1. 以下属于事先控制的成本控制有（　　）。

A. 过程控制
B. 前馈性控制

C. 反馈性控制
D. 防护性控制

E. 事中控制

【答案】　BD

2. 成本控制的原则包括（　　）。

A. 全面控制原则
B. 讲求经济效益原则

C. 责权利结合原则
D. 例外管理原则

E. 成本最低化原则

【答案】　ABCD

3. 成本控制目标的确定方法一般包括（　　）。

A. 工程量法
B. 建筑面积法

C. 计划指标分解法
D. 定额法

E. 预算法

【答案】　CDE

4. 下列部门可以设置为成本中心的有（　　）。

A. 总经理室
B. 保洁部门

C. 保安部门
D. 工程管理部门

E. 人事部门

【答案】　BCD

5. 以下可以设置为费用中心的有（　　）。

A. 总经理室
B. 保洁部门

C. 保安部门
D. 工程管理部门

E. 人事部门

【答案】　AE

6. 以下属于物业管理企业成本控制中心的服务质量定量考核指标的有（　　）。

A. 成本（费用）降低额
B. 房屋完好率、维修及时率

C. 重大事故发生率
D. 绿化率、保洁率、业主满意率

E. 物业增值率

【答案】　BCDE

# 第八章　合同与风险管理

**考试要点**

本部分的考试目的是测试应考人员对物业管理中主要合同类型及其构成要素、物业服务合同、招标与投标阶段的合同管理、风险管理与物业保险等知识的熟悉程度，以及合同与风险管理的能力和知识水平。

掌握：物业服务合同的类型、特征、主要内容和合同要点。

熟悉：物业管理活动中涉及的合同类型，物业管理所涉及的保险种类与投保方法。

了解：物业管理招标与投标阶段的工作内容与合同管理，风险及风险管理。

**重点内容**

1. 物业管理活动中涉及的合同的主要类型
2. 前期物业服务合同和物业服务合同的内容与区别
3. 物业管理工作中经常涉及的商业保险险种

## 第一节　物业管理中的主要合同类型

**本节要点**

合同的概念；物业管理活动中主要的合同类型；物业管理合同的构成要素。

**复习题解**

**一、单项选择题**

1. 平等主体的自然人、法人、其他组织之间设立、变更、终止民事权利义务关系的协议为（　　）。

A. 合同　　　　　　B. 保证　　　　　　C. 公证书　　　　　　D. 通知

【答案】　A

2. 物业管理企业与众多的业主、非业主使用人发生物业管理的法律关系，最根本的依据就是（　　）。

A. 业主公约　　　B. 业主大会章程　　C. 物业管理规定　　D. 物业服务合同

【答案】　D

3. 收益性物业管理中业主与承租人之间的租赁关系，则要依靠两者之间的（　　）。

A. 托管合同　　　B. 物业管理合同　　C. 代理合同　　　　D. 租赁合同

【答案】　D

4. 对以管理服务为主的物业管理企业来说，企业物业管理活动中最主要的合同是

（　　）。

A. 委托代理合同　　　B. 租赁合同　　　　C. 专项服务合同　　　D. 物业管理合同

【答案】　D

## 二、多项选择题

1. 物业活动中存在着大量的主体，根据合同的作用以及合同主体的不同，可以将合同归为（　　）。

A. 物业建设单位在开发过程中所订立的合同

B. 前期物业服务合同与物业服务合同

C. 业主所签订的与物业管理活动有关的合同

D. 物业管理企业与专营公司订立的有关物业管理活动的专项服务合同

E. 物业服务合同和物业租赁合同

【答案】　ABCD

2. 物业建设单位在开发建设过程中必然要订立许多合同，其中涉及物业管理的合同自然成为物业服务合同的组成部分，包括（　　）。

A. 土地使用合同　　　　　　　　　　B. 设计规划合同、建设施工合同

C. 售房合同　　　　　　　　　　　　D. 水电供应合同、设备采购及安装合同

E. 业主与物业管理企业签订的装修合同管理

【答案】　ABCD

3. 业主所签订的与物业管理活动有关的合同包括（　　）。

A. 收益性物业的租赁合同

B. 业主签订的业主公约、业主与装修施工单位签订的装修合同

C. 业主与物业管理企业签订的装修合同管理、业主与物业管理企业签订的保管合同

D. 业主与保险公司签订的保险合同

E. 专项维修工程承包合同

【答案】　ABCD

4. 物业经营管理活动中，涉及合同的构成要素包括（　　）。

A. 物业描述和合同期限

B. 管理者的责任和业主的目标

C. 管理者的权力和物业经营管理服务报告的内容要求

D. 物业服务费用及支付方式，以及成本分配与使用

E. 治安管理处罚和举报奖励

【答案】　ABCD

# 第二节　物业服务合同

**本节要点**

物业服务合同的类型；前期物业服务合同的主体、特征、内容；物业服务合同的特征、

主要内容、签订要点；两个物业服务合同的区别。

**复习题解**

**一、单项选择题**

1. 物业服务合同包括（　　）。

A. 前期物业服务合同　　　　　　　　B. 后期物业服务合同

C. 物业服务合同　　　　　　　　　　D. 前期物业服务合同和物业服务合同

【答案】 D

2. 在业主、业主大会选聘物业管理企业之前，建设单位选聘物业管理企业的，应当签订的物业服务合同是（　　）。

A. 前期物业服务合同　　　　　　　　B. 物业服务合同

C. 正常物业服务合同　　　　　　　　D. 一般物业服务合同

【答案】 A

3. 前期物业服务合同的甲方是（　　）。

A. 房地产开发企业　　　　　　　　　B. 业主

C. 业主委员会　　　　　　　　　　　D. 物业管理企业

【答案】 A

4. 前期物业服务合同的甲方是（　　）。

A. 房地产开发企业　　　　　　　　　B. 业主

C. 业主委员会　　　　　　　　　　　D. 物业管理企业

【答案】 D

5. 前期物业管理结束的标志是（　　）。

A. 业主委员会成立　　　　　　　　　B. 业主开始入住

C. 业主全部入住　　　　　　　　　　D. 业主大会召开

【答案】 A

6. 物业管理进入正常运作阶段，代表业主实施业主自治管理的是（　　）。

A. 业主大会　　　B. 业主委员会　　　C. 业主代表　　　D. 物业管理企业

【答案】 D

7. 物业管理进入正常运作阶段，决定续聘还是另行选聘其他物业管理企业的是（　　）。

A. 全体业主　　　B. 业主大会　　　C. 业主委员会　　　D. 大部分业主

【答案】 C

8. 签订物业服务合同的日期一般在物业委员会成立（　　）内。

A. 30 日　　　B. 2 个月　　　C. 3 个月　　　D. 6 个月

【答案】 C

9. 签订物业服务合同的日期最迟在物业委员会成立（　　）内。

A. 30 日　　　B. 2 个月　　　C. 3 个月　　　D. 6 个月

【答案】 D

10. 物业服务合同的甲方是（　　）。

A. 业主大会　　　　B. 业主委员会　　　　C. 建设单位　　　　D. 物业管理企业

【答案】　B

11. 物业服务合同的乙方是（　　　）。

A. 业主大会　　　　B. 业主委员会　　　　C. 建设单位　　　　D. 物业管理企业

【答案】　D

12. 下列单位中，不与业主发生合同关系的是（　　　）。

A. 建设单位　　　　　　　　　　B. 家庭住房装修企业

C. 物业管理企业　　　　　　　　D. 专项服务企业

【答案】　D

13. 物业管理企业将一个物业管理区域内的全部物业管理一并委托给他人的，由县级以上地方人民政府房地产行政主管部门责令限期改正，处委托合同价款（　　　）以下的罚款。

A. 20％以上 50％以下　　　　　B. 30％以上 50％以下

C. 30％以上 100％以下　　　　　D. 50％以上 100％以下

【答案】　B

14. 委托所得收益，用于物业管理区域内物业共用部位、共用设施设备的维修、养护，剩余部分使用按照（　　　）的决定。

A. 业主大会　　　　B. 业主委员会　　　　C. 建设单位　　　　D. 大部分业主

【答案】　A

15. 前期物业管理招标人和中标人自中标通知书发出之日起（　　　）日内，按照招标文件订立书面合同。

A. 10　　　　　　B. 15　　　　　　C. 20　　　　　　D. 30

【答案】　D

二、多项选择题

1. 前期物业服务合同具有的特征包括（　　　）。

A. 前期物业服务合同是建设单位和物业管理企业签订的合同

B. 前期物业服务合同具有过渡性

C. 前期物业服务合同是不要式合同

D. 前期物业服务合同是要式合同

E. 前期物业服务合同是业主或业主大会和物业管理企业签订的合同

【答案】　ABD

2. 物业服务合同是（　　　）。

A. 单务合同　　　　　　　　　　B. 有偿合同

C. 诺成合同　　　　　　　　　　D. 劳务合同

E. 双务合同

【答案】　BCDE

3. 以下承担物业服务费的主体有（　　　）。

A. 物业管理单位　　　　　　　　B. 建设单位

C. 施工单位　　　　　　　　　　D. 业主

E. 业主委员会

【答案】　BD

4. 物业管理企业在签订物业服务合同时除了遵循一般合同的注意事项外，还要注意的事项有（　　）。

A. 宜细不宜粗的原则　　　　　　　　B. 不应有无偿无限期的承诺

C. 实事求是留有余地　　　　　　　　D. 明确界定违约责任和处理方式

E. 主要以宏观为主，适当考虑微观

【答案】　ABCD

### 三、简答题

1. 签订物业管理合同，应当具备的内容包括哪些？

【解析】　物业服务合同应当具备的主要内容有：

物业基本情况、委托服务事项、双方的权利义务、物业服务要求和标准、物业服务费用和维修费用、专项维修基金的管理和使用、物业管理用房、物业经营管理、委托服务期限、违约责任。此外，物业服务合同一般还应载明双方当事人的基本情况、物业管理区域的范围、合同终止和解除的约定、解决合同争议的方法以及当事人约定的其他事项等内容。

2. 前期物业服务合同应当具备哪些内容？

【答案】　前期物业服务合同的主要内容包括：

物业基本情况描述与物业服务范围界定、服务内容与质量、服务费用及其计费方式、物业经营与管理、物业的承接验收、物业使用与维护、专项维修资金、违约责任和其他事项。

3. 物业管理委托服务事项包括哪些内容？

【答案】　委托服务事项即物业管理企业为业主提供的服务的具体内容。主要包括：房屋建筑共用部位的维修、养护和管理；共用设施、设备的维修、养护、运行和管理；市政共用设施和附属建筑物、构筑物的维修、养护和管理；公用绿地、花木、建筑小品等的养护与管理；附属配套建筑和设施的维修、养护和管理；公共环境卫生；交通与车辆停放秩序的管理；维护公共秩序、小区安全；物业装饰装修管理服务；专项维修基金的代管服务；物业档案资料的管理；其他委托事项。

## 第三节　招标投标阶段的合同管理

**本节要点**

物业管理招投标的内涵、物业管理招投标的原则；物业管理招投标的特点；物业管理招标的方式、一般程序和招标书的主要内容；确定标底应该考虑的因素；物业管理投标的一般程序、投标书的最主要内容；物业管理企业投标的关键事项。

**复习题解**

### 一、单项选择题

1. 物业管理招投标实质是一种（　　）行为。

A. 招标选择　　　　B. 投标选择　　　　C. 市场双向选择　　　　D. 市场单向选择

【答案】　C

2. 主持物业管理招标开标工作的是（　　）。

A. 业主代表　　　　　B. 评标委员会主席　　C. 公证员　　　　　　D. 招标领导小组组长

【答案】　D

3. 标底是招标项目的（　　）价格水平。

A. 实际　　　　　　　B. 预期　　　　　　　C. 社会平均　　　　　D. 社会先进

【答案】　B

## 二、多项选择题

1. 物业招标的原则是（　　）。

A. 公开　　　　　　　　　　　　　　B. 公平

C. 公正　　　　　　　　　　　　　　D. 合理

E. 最优

【答案】　ABCD

2. 物业管理招标投标的特点是（　　）。

A. 早期介入　　　　　　　　　　　　B. 阶段性

C. 一劳永逸　　　　　　　　　　　　D. 高投入性

E. 生产性

【答案】　AB

3. 招标文件通常包括的内容有（　　）。

A. 招标公告　　　　　　　　　　　　B. 招标书

C. 投标书　　　　　　　　　　　　　D. 投标须知

E. 投标书编制要求

【答案】　ABDE

4. 招标书中的重点是（　　）。

A. 招标公告的编制　　　　　　　　　B. 招标书的编制

C. 标底的确定　　　　　　　　　　　D. 投标须知的编制

E. 投标书编制要求

【答案】　BC

5. 招标公告的内容主要包括（　　）。

A. 招标物业的名称

B. 投标单位条件

C. 报送投标书截止日期及联系地址、电话

D. 有关设计图纸、技术资料

E. 报名投标截止日期

【答案】　ABCE

6. 物业管理招标、投标、评标委员会的一般组成人员包括（　　）。

A. 业主代表　　　　　　　　　　　　B. 有关部门人员

C. 物业管理专家　　　　　　　　　　D. 投标人代表

E. 未参与竞标的相同物业的物业管理企业负责人

【答案】　ABCE

7. 参加物业管理招投标开标的人员有（    ）。

A. 业主代表
B. 公证员
C. 参与投标的各单位代表
D. 政府房地产行政主管部门
E. 物业协会代表

【答案】 ABC

8. 一般来说，招标标底的确定应该考虑的因素有（    ）。

A. 要与招标物业的档次相协调
B. 要反映业主、使用人的经济承受能力和消费倾向
C. 要以招标文件中的管理项目为依据
D. 要严格遵循国家及地方政府部门的有关规定
E. 要最大限度地压低成本

【答案】 ABCD

9. 物业管理项目的整体思路包括（    ）。

A. 工作重点
B. 人员配置
C. 收支预算
D. 应对措施
E. 奖惩条件

【答案】 AD

10. 下列属于标书制作阶段的工作内容的有（    ）。

A. 讨论确定投标项目的总体思路
B. 递交标书
C. 分组起草、准备、讨论确定预算
D. 讨论确定物业管理费标价
E. 标书印刷、包装

【答案】 ABCD

### 三、简答题

如果请你编制一份投标书，需要包括哪些内容？

【解析】 投标文件除了按格式要求回答招标文件中的问题外，最主要的内容是介绍物业管理要点和物业管理服务内容、服务形式和费用。具体包括：

（1）投标单位的概况简介：除了介绍投标单位概况外，主要介绍本物业管理企业以前管理过或正在管理的物业名称、地址、数量，要指出类似此次投标物业的管理经验和成果，并介绍主要负责人的专业物业管理经历和经验。

（2）分析投标物业的管理要点：主要指出此投标物业的特点和日后管理上的特点、分析住用人对此类物业及管理上的期望、要求等。

（3）概述投标单位拟采取的管理策略：简述中标后的管理经营宗旨、理念、方针和内容，拟采取何种管理方式和具体措施，提供哪些服务项目来做好物业管理服务。

（4）详述物业管理的实施计划：包括：①物业管理企业内部管理架构与机构设置；各类人员编制；企业运作机制与工作流程；信息沟通与反馈渠道等。②物业管理各阶段（开发设计阶段，监理阶段、接管验收阶段、日常运作阶段等）提供的管理服务项目、内容与服务标准和相关费用。③管理人员的配备与培训。④必备的物资装备计划。⑤各项内外部管理规章制度。⑥各项管理指标的承诺。⑦愿意承诺的奖惩措施和标准。

（5）有关附件及说明：在投标书正文不能详细说明或需要另外附加的资料、证书、计算

过程等可放在附件中。如管理费用预算依据与过程，有关证明的复印件等。

# 第四节　风险管理概论

**本节要点**

风险的特征；风险的类型；风险的成本；风险管理等的概念；风险管理的步骤；风险控制的手段和措施；风险识别的方法。

**复习题解**

## 一、单项选择题

1. 按照风险的性质划分，风险可以分为（　　）。

A. 纯粹风险和投机风险

B. 财产风险、责任风险及人身风险

C. 自然风险、社会风险、政治风险、经济风险和技术风险

D. 基本风险与特殊风险

【答案】　A

2. 按风险的对象划分，风险包括（　　）。

A. 纯粹风险和投机风险

B. 财产风险、责任风险及人身风险

C. 自然风险、社会风险、政治风险、经济风险和技术风险

D. 基本风险与特殊风险

【答案】　B

3. 按风险发生的原因划分，风险包括（　　）。

A. 纯粹风险和投机风险

B. 财产风险、责任风险及人身风险

C. 自然风险、社会风险、政治风险、经济风险和技术风险

D. 基本风险与特殊风险

【答案】　C

4. 按风险影响的程度和范围划分，风险包括（　　）。

A. 纯粹风险和投机风险

B. 财产风险、责任风险及人身风险

C. 自然风险、社会风险、政治风险、经济风险和技术风险

D. 基本风险与特殊风险

【答案】　D

## 二、多项选择题

1. 风险具有的特征包括（　　）。

A. 负面性　　　　　　　　　　　　B. 不可测性

C. 不确定性　　　　　　　　　　　D. 确定性

E. 可测性

【答案】 ACE

2. 风险的成本包括（　　）。

A. 防范、分散、转移风险的费用　　　B. 风险的社会成本

C. 风险所带来的损失　　　　　　　　D. 风险处理费用

E. 风险事件发生带来的税收减少

【答案】 ABCD

3. 风险管理通常包括的步骤有（　　）。

A. 风险识别　　　　　　　　　　　　B. 风险评估

C. 风险寻找　　　　　　　　　　　　D. 风险控制

E. 风险调整

4. 风险识别的方法通常包括（　　）。

A. 问卷调查、企业内外专家咨询　　　B. 财务报表分析

C. 审查组织的相关数据和文件　　　　D. 对设备和设施的检查

E. 风险回避、转移和自担

【答案】 ABCD

5. 风险控制的手段措施包括（　　）。

A. 任其发展　　　　　　　　　　　　B. 回避

C. 自担或保留　　　　　　　　　　　D. 转移

E. 预防与抑制

【答案】 BCDE

6. 风险转移的形式有（　　）。

A. 保险转移　　　　　　　　　　　　B. 非保险转移

C. 自担转移　　　　　　　　　　　　D. 保留转移

E. 预防性转移

【答案】 AB

# 第五节　保险与物业保险

**本节要点**

保险的定义和特征；保险的一般原则；保险合同的法律特征；保险合同的主体；保险合同当事人的义务；保险合同的一般内容；保险单的内容；索赔与索赔时效、索赔的程序；物业保险的主要险种。

**复习题解**

**一、单项选择题**

1. 如果有两个损失的原因，且两个原因之间有因果关系，那么近因是（　　）。

A. 最先发生的原因　　　　　　　　　B. 最后发生的原因

C. 这两个原因　　　　　　　　　　D. 根据具体情况确定

【答案】 A

2. 保险经纪人代理的是（　　　）。

A. 保险人　　　　B. 被保险人　　　　C. 投保人　　　　D. 受益人

【答案】 B

3. 某固定财产保险金额为 15 万元，保险价值为 20 万元，保险事故发生使得该固定财产损失比例为 20%，则赔偿金额为（　　　）万元。

A. 3　　　　　　　B. 4　　　　　　　C. 6　　　　　　　D. 10

【答案】 B

4. 我国按建筑物占有性质将火灾险分为（　　　）。

A. 工业险、仓储险　　　　　　　　　B. 仓储险、普通险

C. 工业险、普通险　　　　　　　　　D. 工业险、仓储险、普通险

【答案】 D

5. 仓储险分类费率分为（　　　）级。

A. 三　　　　　　　B. 四　　　　　　　C. 五　　　　　　　D. 六

【答案】 C

6. 工业险分类费率分为（　　　）级。

A. 三　　　　　　　B. 四　　　　　　　C. 五　　　　　　　D. 六

【答案】 D

二、多项选择题

1. 保险的一般原则包括（　　　）。

A. 保险合同原则　　　　　　　　　　B. 诚信原则

C. 可保利益原则　　　　　　　　　　D. 近因原则

E. 比例分摊原则

【答案】 BCDE

2. 保险合同的法律特征为（　　　）。

A. 保险合同是一种要式合同　　　　　B. 保险合同是一种附和合同

C. 保险合同是双务有偿合同　　　　　D. 保险合同是射幸合同

E. 保险合同是交换合同

【答案】 ABCD

3. 保险合同当事人包括（　　　）。

A. 保险人　　　　　　　　　　　　　B. 投保人

C. 被保险人　　　　　　　　　　　　D. 受益人

E. 保险代理人

【答案】 ABC

4. 保险合同的关系人包括（　　　）。

A. 投保人　　　　　　　　　　　　　B. 受益人

C. 保险代理人　　　　　　　　　　　D. 保险经纪人

E. 保险人

【答案】　BCD

5. 物业管理工作中经常涉及的险种主要有（　　）。

A. 财产保险

B. 人身保险

C. 保证保险

D. 雇主责任保险

E. 公众责任保险

【答案】　ADE

6. 狭义的财产保险的险种主要有（　　）。

A. 信用保险

B. 火灾险

C. 企业财产保险

D. 家庭财产保险

E. 涉外财产保险

【答案】　BCDE

7. 广义的财产保险包括的险种有（　　）。

A. 财产保险

B. 农业保险

C. 责任保险

D. 信用保险

E. 人身保险

【答案】　ABCD

8. 我国现行的保险险种中，实际上是由火灾险及其附加险组成的综合险的是（　　）。

A. 信用保险

B. 责任保险

C. 企业财产保险

D. 家庭财产保险

E. 涉外财产保险

【答案】　CDE

9. 火灾保险的除外责任包括（　　）。

A. 闪电、爆炸造成的保险标的物的损失

B. 保险标的自身变化、自身发热或烘焙所致的损失

C. 由于地震、飓风、洪水、冰雹等自然灾害以及战争、暴乱、罢工等战争或政治风险

D. 直接或间接由于核反应、核子辐射和放射性污染

E. 投保人的故意行为或重大损失

【答案】　BCDE

10. 固定财产的保险金额确定的标准可以是（　　）。

A. 账面原值

B. 账面原值加成数

C. 重置重建价值

D. 保险价值

E. 协商价值

【答案】　ABC

11. 火灾险保险费率的计算方法有（　　）。

A. 投资收益率法

B. 分类法

C. 内部收益率法

D. 表定法

E. 图示法

【答案】　BD

# 第九章  财务管理与绩效评价

本部分的考试目的是测试应考人员对财务管理、财务报告分析、物业管理绩效评价、物业管理报告等内容、方法的熟悉程度，以及物业经营管理中财务与绩效管理的能力和知识水平。

掌握：物业管理绩效及绩效评价，物业管理绩效评价的主要类型，物业管理绩效评价的指标体系，物业管理报告的类型及内容构成，以及如何编写物业管理报告。

熟悉：财务管理的对象、目标、内容和手段，物业管理绩效评价的标准及评价结果的表达方法，物业管理报告编写中的注意事项。

了解：财务报告的构成与内容，财务报告分析的主要形式，财务报告分析的主要方法与一般过程，绩效评价的主要方法。

**重点内容**

1. 企业财务管理的对象、目标及其基本内容
2. 企业财务报告的编制与分析
3. 物业管理绩效考核的内容
4. 物业管理绩效评价方法与类型
5. 物业管理绩效评价指标体系的构成
6. 物业管理报告的类型及其内容

## 第一节  财务管理概述

**本节要点**

企业财务活动的环节；企业的资金运动的表现形式；企业财务关系；财务管理总体目标和具体目标；财务管理的内容、手段。

**复习题解**

### 一、单项选择题

1. 企业财务活动是指在商品货币条件下企业的（    ）运动。

A. 资产　　　　　　B. 价值　　　　　　C. 资金　　　　　　D. 货币

【答案】  A

2. 企业财务活动包括的相互依存、相互制约的环节包括（    ）。

A. 资金筹集、监管、运用、分配和反映

B. 资金筹集、运用、耗费、收回和分配

C. 资金筹集、监管、运用、耗费和收回

D. 自荐筹集、运用、监管、耗费和分配

【答案】 B

3. 资金运动的起点是（ 　 ）。

A. 资金的筹集　　 B. 资金的运用　　 C. 资金的收回　　 D. 资金的分配

【答案】 A

4. 物业管理企业持续经营的前提条件是资金的（ 　 ）。

A. 筹集　　　　　 B. 运用　　　　　 C. 耗费　　　　　 D. 收回

【答案】 D

5. 物业管理企业将所取得的各种收入，首先用于（ 　 ）。

A. 资金的筹集　　　　　　　　　 B. 股东分配

C. 提取公积金和公益金　　　　　 D. 用于补偿物业经营管理耗费和缴纳各种税金

【答案】 D

6. 企业同下列各方面的资金结算关系中，本质上属于企业内部相对独立经济关系的体现的是（ 　 ）。

A. 企业所有者　　 B. 企业债权人　　 C. 企业内部各单位　 D. 企业债务人

【答案】 C

7. 物业管理企业的资金运动，实质上体现的是（ 　 ）的关系。

A. 物与物　　　　 B. 资金与资金　　 C. 钱与钱　　　　 D. 人与人、单位与单位

【答案】 D

8. 企业净利润与资本的比率为（ 　 ）。

A. 资本利润率　　 B. 资产利润率　　 C. 资金利润率　　 D. 投资收益率

【答案】 A

9. 企业净利润与企业净资产的比率为（ 　 ）。

A. 资本利润率　　 B. 资产利润率　　 C. 资金利润率　　 D. 投资收益率

【答案】 A

10. 下列企业财务管理目标中，考虑了资金时间价值和风险的有（ 　 ）。

A. 利润最大化　　　　　　　　　 B. 资本利润率最大化

C. 每股利润最大化　　　　　　　 D. 企业价值最大化

【答案】 D

二、多项选择题

1. 以下资金的形态属于静态形式的有（ 　 ）。

A. 固定资产和流动资产　　　　　 B. 流动负债、长期负债和所有者权益

C. 经营性现金流动　　　　　　　 D. 投资性现金流动

E. 筹资性现金流动

【答案】 AB

2. 以下资金的形态属于动态形式的有（ 　 ）。

A. 固定资产和流动资产　　　　　 B. 流动负债、长期负债和所有者权益

C. 经营性现金流动　　　　　　　　D. 投资性现金流动

E. 筹资性现金流动

【答案】 CDE

3. 以下关于企业财务关系的说法中，正确的有（　　）。

A. 正确处理好企业和债权人之间财务关系，是物业管理企业生存和发展的前提和基本保证

B. 正确处理好企业同其所有者的财务关系，能够保持物业管理企业信誉，有利于企业降低和化解财务风险

C. 协调好企业内部各单位之间的财务关系，有利于实现内部各单位之间经济利益的均衡，从而最大限度的发挥物业管理作为物业经营管理整体的综合效益

D. 正确处理好企业同职工之间的财务关系，可以有效的调动广大职工开展物业经营管理与服务积极性与创造性，为企业的发展增加新的促进力

E. 企业同国家机关之间的财务关系是国家行政权力的体现，反映了国家依法征税和企业依法纳税的权利义务关系。正确处理好这种关系，是企业合法经营的基础

【答案】 CDE

4. 一般来说，物业管理企业财务管理总体目标有（　　）。

A. 筹资管理目标　　　　　　　　　B. 投资管理目标

C. 利润最大化　　　　　　　　　　D. 资本利润率最大化或每股利润最大化

E. 企业价值最大化或股东财富最大化

【答案】 CDE

5. 一般来说，物业管理企业财务管理具体目标有（　　）。

A. 筹资管理目标　　　　　　　　　B. 投资管理目标

C. 利润最大化　　　　　　　　　　D. 利润分配管理目标

E. 企业价值最大化或股东财富最大化

【答案】 ABD

6. 以下属于企业的筹资成本的有（　　）。

A. 融资费用　　　　　　　　　　　B. 股票债券的印刷费

C. 借款利息　　　　　　　　　　　D. 还款本金

E. 借款损失

【答案】 ABC

7. 财务管理的内容包括（　　）。

A. 筹资决策　　　　　　　　　　　B. 投资决策

C. 利润分配决策　　　　　　　　　D. 成本决策

E. 服务项目决策

【答案】 ABC

8. 以下属于筹资决策的内容的有（　　）。

A. 预测企业需要资金的数量

B. 确定筹资规模、筹资时机和筹集资金的来源与比例

C. 研究评价最佳的筹资方案

D. 确定资金成本、分析财务风险、优化资本结构，研究资本结构的弹性和调整方法

E. 研究企业的投资环境，研究是否适合投资，预测投资规模和投资时机

【答案】 ABCD

9. 投资决策时在企业筹得资金之后，为便于取得最佳的投资收益，所进行的决策，该决策所需要确定的方面包括（　　）。

A. 投资环境　　　　　　　　　　B. 投资方向

C. 投资规模　　　　　　　　　　D. 具体的投资方式

E. 投资成本

【答案】 BCD

10. 物业管理企业为进行资本结构的优化选择，进行科学的筹资决策，需要合理选择的内容包括（　　）。

A. 筹资成本　　　　　　　　　　B. 筹资方式

C. 筹资效益　　　　　　　　　　D. 筹资规模

E. 筹资结构

【答案】 BDE

11. 物业管理企业为进行资本结构的优化选择，进行科学的筹资决策，除了合理选择筹资方筹资规模和筹资结构外，还需要进行综合分析的内容有（　　）。

A. 筹资成本　　　　　　　　　　B. 筹资时机

C. 筹资效益　　　　　　　　　　D. 筹资环境

E. 相关风险

【答案】 ACE

# 第二节　财务报告分析

**本节要点**

财务报告的构成和内容；财务报告分析的概念与形式；财务报告分析的主要方法。

**复习题解**

**一、单项选择题**

1. 通过对以下财务报表的分析，可以得到物业管理企业的偿债能力、支付能力和周转能力的是（　　）。

A. 资产负债表　　B. 利润表　　　C. 现金流量表　　　D. 成本表

【答案】 C

2. 下列报表中，能够反映企业的资本结构状况，并进而揭示出企业财务风险的大小的是（　　）。

A. 资产负债表　　B. 利润表　　　C. 现金流量表　　　D. 成本表

【答案】 A

3. 反映物业管理企业在一定时期内经营业绩或经营成果及其分配情况的会计报表是

（    ）。

A. 资产负债表  B. 利润表  C. 现金流量表  D. 成本表

【答案】 D

【解析】 关于会计报表的概念及其作用需要全面的掌握，这里是非常容易命题但是容易忽视的地方。

4. 下列会计报表中，属于商业秘密，不对外报送或公布的是（    ）。

A. 资产负债表  B. 利润表  C. 现金流量表  D. 成本表

【答案】 D

二、多项选择题

1. 以下财务报表中，属于会计报表主表的有（    ）。

A. 资产负债表          B. 现金流量表

C. 利润表            D. 利润分配表

E. 成本表

【答案】 ABCE

2. 以下属于财务报表附表的有（    ）。

A. 现金流量表          B. 利润分配表

C. 股东权益增减变动表      D. 应交增值税明细表

E. 资产减值准备明细表

【答案】 BCDE

3. 通过物业管理企业的利润表分析，可以了解的内容包括（    ）。

A. 企业负债的水平和构成      B. 一定时期企业的盈亏状况

C. 企业盈亏的原因及构成      D. 评估企业的获利能力

E. 企业所有者权益的多少、构成状况

【答案】 BCD

4. 物业管理企业的资产负债表揭示的财务信息包括（    ）。

A. 企业拥有并可利用的经济资源，包括资产总额、结构和分布情况

B. 揭示了企业负债的水平和构成

C. 表明了企业所有者权益的多少、构成情况

D. 有助于了解企业财务状况的变动信息

E. 一定时期的盈亏状况

【答案】 ABCD

5. 以下财务报表中，通过对其分析，可以用于评价物业管理企业偿债能力的是（    ）。

A. 资产负债表          B. 现金流量表

C. 利润表            D. 利润分配表

E. 成本表

【答案】 AB

6. 利润表反映了企业在一定时期内的（    ）。

A. 收入              B. 资产

C. 成本              D. 费用

E. 利润

【答案】ACDE

7. 会计制度规定必须编制和报送的会计报表附表有（    ）。

A. 货币资金明细表　　　　　　　B. 资产减值准备明细表

C. 股东权益增减明细表　　　　　D. 应交增值税明细表

E. 利润分配表

【答案】BCDE

### 三、综合分析题

张某为立新物业管理公司财务总管。

1. 股东通过该企业财务报告的文字报告部分可以了解物业管理企业的哪些内容？

【解析】

通过会计报表附注企业基本情况、不符合基本会计假设的说明、重要会计假设的说明、重要会计政策和会计古迹及其变更原因及其对财务状况和经营成果的影响、或有事项的说明、资产负债表日后事项的说明、关联方关系及其交易的说明、重要资产转让及其出售情况、企业合并分立的说明、重大投资融资活动、会计报表中重要事项的明细资料、合并报表的说明、有助于理解和分析会计报表需要说明的其他事项。

通过财务状况说明书：企业生产经营的基本情况、利润实现和分配情况、资金增减和周转情况、对企业财务状况、经营成果和现金流量有重大影响的其他事项。

2. 立新物业管理公司对外提供的会计报表主表应该有哪些？各自揭示的财务信息都是什么？

【解析】

（1）对外提供的会计报表主表包括：资产负债表、利润表和现金流量表。

（2）资产负债表：企业拥有并可利用的经济资源，包括资产总额、结构和分布情况；表明了企业所有者权益的多少、构成情况；揭示了企业负债的水平与结构；有助于解释企业财务状况的变动情况。

（3）利润表：一定时期的盈亏状况、企业亏损的原因及构成、有助于评估企业的获利能力。

（4）现金流量表：企业现金的来源和去向；企业现金流的构成；企业现金流的多少。

3. 张某组织财务人员对该企业的财务报表进行分析，其分析的目的一般是什么？

【解析】

判断和评价企业经营管理是否正常、顺利，及时准确地发现企业的成绩与不足，为企业未来经营管理的顺利进行，提高经济效益指明方向。

4. 该企业的财务报表主要提供给哪些人员使用？

【解析】

投资人、经营者、债权人、政府有关部门。

5. 对财务报告进行分析的方法有哪些？试各举出3～5个例子。

【解析】

比率分析、比较分析。

比率分析：相关指标比率分析，如资产负债率、流动比率、总资产报酬率、成本复制率。构成比率分析：营业费用、管理费用的构成分析。效率比率分析：成本利润率、资本利润率。

比较分析：绝对数比较（管理费用变化、计划额与实际额比较）、相对数比较（资产负债率比较、成本利润率比较）；横向比较、纵向比较。

# 第三节　物业管理绩效评价

**本节要点**

物业管理绩效的主要表现；物业管理绩效评价的概念；物业管理绩效评价的特点、评价的重点；物业管理绩效评价的类型；物业管理绩效评价的基本要素；物业管理绩效评价的指标体系。

**复习题解**

**一、单项选择题**

1. 物业管理绩效的层次包括（　　　）。

①物业管理行业绩效②物业管理单元绩效③物业管理项目绩效④物业管理企业绩效

A. ①和④　　　　B. ②和③　　　　C. ①和③　　　　D. ③和④

【答案】　D

2. 物业管理企业绩效和物业管理项目绩效不同的是（　　　）。

A. 本质　　　　B. 核心内容　　　C. 对象范围　　　D. 原因

【答案】　C

3. 物业管理绩效评价的类型包括（　　　）。

①政府评价②社区评价③社会评价④企业集团内部评价⑤企业自我诊断评价⑥业主评价⑦物业资产管理项目评价

A. ①②④⑤⑦　　B. ①③④⑤⑦　　C. ①③④⑥⑦　　D. ②④⑤⑥⑦

【答案】　B

4. 以下属于非计量的评价指标的是（　　　）。

A. 基本指标　　　B. 修正指标　　　C. 财务状况指标.　　D. 评议指标

【答案】　D

5. 在计算有关财务评价指标时，需要的以下数据中，不是来源于资产负债表的是（　　　）。

A. 流动资产总额　　　　　　　B. 所有者权益年初数

C. 利润总额　　　　　　　　　D. 负债总额

【答案】　C

【解析】　这里要清楚计算财务评价指标适用的数据的来源报表类别，这需要对几个报表的反映内容的了解。资产负债表是反映物业管理企业在某一特定时日（如年末、季末、月末）财务状况的财务报表，是企业的基本会计报表之一。它把企业的资产、负债和所有者权益三个方面的内容按照会计等式："资产＝负债＋所有者权益"列示。

利润表又称损益表，是反映物业管理企业在一定时期内经营业绩或经营成果及其分配情况的会计报表。它反映了企业在一定期间的收入和相应的费用、成本，以及最终形成的损益。

现金流量表是用于提供企业在一定会计期间内经营活动、投资活动和筹资活动产生的现金及其等价物流入和流出信息的会计报表（具体内容见教材 P252～254）。

**二、多项选择题**

1. 物业管理企业绩效评价的重点为（　　）。

A. 盈利能力 　　　　　　　　　B. 管理模式

C. 资产运营水平 　　　　　　　D. 偿债能力

E. 后续发展能力

【答案】 ACDE

2. 物业管理企业绩效的主要表现方面包括（　　）。

A. 盈利能力 　　　　　　　　　B. 管理模式

C. 资产运营水平 　　　　　　　D. 偿债能力

E. 后续发展能力

【答案】 ACDE

3. 物业管理绩效评价的基本要素包括（　　）。

A. 评价对象 　　　　　　　　　B. 评价指标

C. 评价主体 　　　　　　　　　D. 评价标准

E. 评价方法

【答案】 CDE

4. 以下反映企业财务状况的指标有（　　）。

A. 净资产收益率 　　　　　　　B. 总资产报酬率

C. 财务内部收益率 　　　　　　D. 总资产周转率

E. 流动资产周转率

【答案】 ABC

5. 以下反映企业资产营运状况的指标有（　　）。

A. 净资产收益率 　　　　　　　B. 总资产报酬率

C. 财务内部收益率 　　　　　　D. 总资产周转率

E. 流动资产周转率

【答案】 DE

6. 以下反映企业偿债能力状况的指标有（　　）。

A. 总资产报酬率 　　　　　　　B. 资产负债率

C. 利息保障倍数 　　　　　　　D. 营业增长率

E. 资本积累率

【答案】 BC

7. 以下反映物业管理企业发展能力状况的指标有（　　）。

A. 总资产报酬率 　　　　　　　B. 净资产收益率

C. 营业增长率 　　　　　　　　D. 资本积累率

E. 总资产周转率

【答案】　BC

8. 以下属于物业管理企业财务效益状况修正指标的有（　　　）。

A. 主营业务利润率　　　　　　　　B. 盈余现金保障系数

C. 成本费用利润率　　　　　　　　D. 应收账款周转率

E. 不良资产比率

【答案】　ABC

9. 以下属于反映资产营运状况修正指标的有（　　　）。

A. 总资产周转率　　　　　　　　　B. 净资产周转率

C. 应收账款周转率　　　　　　　　D. 不良资产比率

E. 资产损失比率

【答案】　BCD

10. 以下属于反映物业管理企业偿债能力状况的修正指标有（　　　）。

A. 资产负债率　　　　　　　　　　B. 长期资产适合率

C. 速动比率、流动比率　　　　　　D. 经营亏损挂账比率

E. 现金流动负债比率

【答案】　BCDE

11. 以下属于反映物业管理企业发展能力状况修正指标的有（　　　）。

A. 总资产增长率　　　　　　　　　B. 3 年利润平均增长率

C. 3 年资本平均增长率　　　　　　D. 不良资产比率

E. 资产损失比率

【答案】　ABC

12. 物业管理绩效评价的评议指标包括（　　　）。

A. 总资产增长率、三年利润平均增长率、资产负债率

B. 经营者基本素质、服务满意度、基础管理水平

C. 在岗员工素质状况、服务硬环境

D. 发展创新能力、经营发展策略

E. 综合社会贡献

【答案】　BCDE

13. 物业管理绩效评价基本指标中的财务效益状况指标包括（　　　）。

A. 主营业务利润率　　　　　　　　B. 盈余现金保障倍数

C. 成本费用利润率　　　　　　　　D. 净资产收益率

E. 总资产报酬率

【答案】　DE

14. 物业管理绩效评价修正指标中的财务效益状况指标包括（　　　）。

A. 主营业务利润率　　　　　　　　B. 盈余现金保障倍数

C. 成本费用利润率　　　　　　　　D. 净资产收益率

E. 总资产报酬率

【答案】　ABC

【解析】　物业管理企业评价指标体系及权数

| 评价指标 | | 具体指标 | 权数 |
|---|---|---|---|
| 基本指标<br>（权数 100） | 一、财务效益状况<br>（权数 38） | 净资产收益率 | 25 |
| | | 总资产报酬率 | 13 |
| | 二、资产营运状况<br>（权数 18） | 总资产周转率 | 9 |
| | | 流动资产周转率 | 9 |
| | 三、偿债能力状况<br>（权数 20） | 资产负债率 | 12 |
| | | 已获利息倍数 | 8 |
| | 四、发展能力状况<br>（权数 24） | 营业增长率 | 12 |
| | | 资本积累率 | 12 |
| 修正指标<br>（权数 100） | 一、财务效益状况<br>（权数 38） | 主营业务利润率 | 14 |
| | | 盈利现金保障倍数 | 12 |
| | | 成本费用利润率 | 12 |
| | 二、资产营运状况<br>（权数 18） | 应收账款周转率 | 5 |
| | | 不良资产比率 | 8 |
| | | 资产损失比率 | 5 |
| | 三、偿债能力状况<br>（权数 20） | 流动比率 | 5 |
| | | 速动比率 | 4 |
| | | 现金流动负债比率 | 4 |
| | | 长期资产适合率 | 4 |
| | | 经营亏损挂账比率 | 3 |
| | 四、发展能力状况<br>（权数 24） | 总资产增长率 | 7 |
| | | 3 年利润平均增长率 | 9 |
| | | 3 年资本平均增长率 | 8 |
| 评议指标<br>（权数 100） | 经营者基本素质 | | 20 |
| | 服务满意度 | | 16 |
| | 基础管理水平 | | 14 |
| | 在岗员工素质状况 | | 12 |
| | 服务硬环境 | | 10 |
| | 发展创新能力 | | 10 |
| | 经营发展策略 | | 10 |
| | 综合社会贡献 | | 8 |

### 三、综合分析题

已知某物业管理企业的财务状况如下：企业 2005 年底流动资产 80 万元，固定资产 60 万元，流动负债 30 万元，长期负债 32 万元；2006 年底流动资产 110 万元，其中存货 20 万元，固定资产 50 万元，流动负债 35 万元，长期负债 25 万元。2006 年全年主营业务收入 60 万元，销售收入 5 万元，当年发生利息支出 5 万元，所得税 12 万元、利润总额 36.36 万元，经营现金净流入 65 万元。

1. 该企业的净资产收益率、总资产报酬率、总资产周转率、流动资产周转率、资产负债率、利息保障倍数各是多少？

【解析】

2005 年资产总额＝80＋60＝140 万元

2005 年负债总额＝32＋30＝62 万元

2006 年资产总额＝110＋50＝160 万元

2006 年负债总额＝35＋25＝60 万元

平均流动资产总额＝$\dfrac{80+110}{2}$＝95 万元

平均资产总额＝$\dfrac{140+160}{2}$＝150 万元

平均净资产 $=150-\dfrac{62+60}{2}=89$ 万元

净利润 $=36.36-12=24.36$ 万元

（1）净资产收益率 $=\dfrac{\text{净利润}}{\text{平均净资产}}\times100\%=\dfrac{24.36}{89}\times100\%=27.37\%$

（2）总资产报酬率 $=\dfrac{36.36+5}{150}\times100\%=27.57\%$

（3）总资产周转率 $=\dfrac{60}{150}\times100\%=40\%$

（4）流动资产周转率 $=\dfrac{60}{95}\times100\%=63\%$

（5）资产负债率 $=\dfrac{\text{资产合计}}{\text{负债合计}}=\dfrac{160}{60}=2.67$

（6）利息保障系数 $=\dfrac{36.36+5}{5}=8.272$

2. 以上这些指标中，属于反映偿债能力的指标有哪些？除了这些，还有哪些？如何计算。

【解析】

资产负债率、利息保障倍数。

除此之外，还有流动比率、速动比率、现金流动负债比率、长期资产适合率。

流动比率 $=\dfrac{\text{流动资产}}{\text{流动负债}}\times100\%=\dfrac{110}{35}\times100\%=314\%$

速动比率 $=\dfrac{\text{速动资产}}{\text{流动负债}}\times100\%=\dfrac{110-20}{35}\times100\%=257\%$

现金流动负债比率 $=\dfrac{\text{年经营现金净流入}}{\text{年末流动负债}}\times100\%=\dfrac{65}{35}\times100\%=186\%$

长期资产适合率 $=\dfrac{\text{所有者权益}+\text{长期负债}}{\text{固定资产}+\text{长期投资}}\times100\%=\dfrac{160-60+25}{50+0}\times100\%=250\%$

3. 题中要求计算的其他指标各是反映什么的指标？

【解析】

净资产收益率、总资产报酬率属于财务效益状况指标；总资产周转率、流动资产周转率属于资产营运状况指标。

4. 物业管理企业绩效评价的评议指标有哪些？（或物业管理企业若从评议指标方面提高其绩效评价结果，需要从哪些方面着手？）

【解析】

经营者基本素质、服务满意度、基础管理水平、在岗员工素质状况、服务硬环境、发展创新能力、经营发展战略，综合社会贡献。

5. 在题中给出的数据中，取自资产负债表的有哪些？

【解析】

流动资产、流动负债、固定资产、长期负债、存货。

6. 该企业的前 3 年的年末利润总额分别为 10.33 万元、11.26 万元和 19.68 万元，则 3 年利润平均增长率为多少？

【解析】

$$3年利润平均增长率=\sqrt[3]{\dfrac{年末利润总额}{三年前年末利润总额}}-1=\sqrt[3]{\dfrac{24.36}{10.33}}-1=33.10\%$$

【解析】　平均增长率不是算数平均，而是几何平均，只要知道这些，就可以应对所有的平均增长率，如 3 年资本平均增长率。

# 第四节　绩效评价的主要方法

**本节要点**

功效系数法的概念及其基本指标计分方法、修正指标计分方法；综合分析判断法的概念及其具体做法；定量和定性相结合计分法。

**复习题解**

**一、单项选择题**

物业管理绩效评价的主要方法是（　　）。

A. 综合分析判断法　　　　　　　B. 功效系数法

C. 头脑风暴法　　　　　　　　　D. 综合评定法

【答案】　B

【解析】　物业管理绩效评价的主要方法是功效系数法，用于计量指标的评价计分；辅助方法是综合分析判断法，用于评议指标的评价计分。根据评价指标体系的三层次结构，企业绩效评价的计分方法分为基本指标计分方法、修正指标计分方法、评议指标计分方法以及定量和定性相结合计分方法。

**二、多项选择题**

根据评价指标体系的三层次结构，企业绩效评价的计分方法分为（　　）。

A. 基本指标计分方法　　　　　　B. 修正指标计分方法

C. 评议指标计分方法　　　　　　D. 专家建议打分法

E. 定量和定性相结合计分方法

【答案】　ABCE

# 第五节　物业管理报告

**本节要点**

物业管理报告的类型；物业管理报告的构成；物业管理报告的内容；编写物业管理报告的注意事项；物业管理报告的公布与送达。

**复习题解**

**一、单项选择题**

1. 物业经营管理者向有关方面提交的反映其在一定阶段的物业经营管理过程中所做的

主要工作、财务效益状况以及未来工作计划的文书称为（　　）。

A. 物业管理报告 　　　　　　　　B. 会计报告

C. 经营管理报告 　　　　　　　　D. 财务报告

【答案】　A

2. 物业管理企业向业主大会或者全体业主公布物业服务资金的收支情况应当每年不少于（　　）次。

A. 1 　　　　　　B. 2 　　　　　　C. 3 　　　　　　D. 4

【答案】　A

二、多项选择题

1. 物业管理报告按照物业经营管理者的报告主题不同分为（　　）。

A. 向业主、租户提交的物业管理报告

B. 向高层管理者提供的物业管理报告

C. 向投资者或董事会提交的物业管理报告

D. 向下级单位提供的物业管理报告

E. 向政府部门提交的物业管理报告

【答案】　ABC

2. 物业管理报告的主要构成部分包括（　　）。

A. 物业经营管理工作总结 　　　　B. 物业经营管理人力资源利用报告

C. 物业经营管理财务报告 　　　　D. 物业经营管理工作计划

E. 物业经营管理市场营销组合分析报告

【答案】　ACD

# 第十章 写字楼物业经营管理

本部分的考试目的是测试应考人员对写字楼及写字楼物业管理、写字楼租赁管理、写字楼安全与风险管理，写字楼物业管理企业选择与评价方法的熟悉程度，以及对写字楼物业经营管理的能力和知识水平的熟悉程度。

掌握：写字楼租金的确定与调整的方法和特点，写字楼经营管理绩效评价的指标与方法。

熟悉：写字楼的特点，写字楼物业管理的工作模式和管理内容，写字楼租户选择的方法，写字楼的租约制定，写字楼物业管理企业的选择标准。

了解：影响写字楼分类的因素，写字楼管理的策略，写字楼安全与风险管理。

**重点内容**

1. 写字楼分类及其类型等级划分的因素
2. 写字楼物业管理的常规目标
3. 写字楼物业管理的工作内容
4. 写字楼租户选择过程中考虑的主要因素
5. 影响写字楼的租金水平的因素
6. 写字楼物业管理工作评价的内容
7. 写字楼物业经营管理绩效评价指标体系的构成

## 第一节 写字楼及写字楼物业管理

**本节要点**

写字楼物业的特点；影响写字楼物业分类的因素；写字楼物业管理的宏观目标、常规目标和微观目标；写字楼物业管理的工作模式；写字楼物业管理的内容；写字楼管理中的策略。

**复习题解**

**一、单项选择题**

1. 写字楼物业保值增值的关键是（    ）。

A. 功能齐全、配套设施完善　　　　B. 保持产权的完整性

C. 专业物业管理企业管理　　　　　D. 档次要高

【答案】 B

2. 写字楼电梯服务最重要的标准是（    ）。

A. 24 小时有人值班　　　　　B. 安全和快速

C. 电梯的位置和安全　　　　　D. 电梯的位置和 24 小时值班

【答案】　B

3. 写字楼建筑的吸引力在很大程度上取决于它与（　　）的接近程度。

A. 商业设施　　　　　　　　B. 工业设施

C. 居住设施　　　　　　　　D. 政府机关设施

【答案】　A

4. 写字楼物业管理的经营目标是（　　）。

A. 充分发挥写字楼的形象性作用

B. 收益部分使用率最大化

C. 物业资产保值率和升值率最大化

D. 物业所有人与使用人满意率最大化

【答案】　B

5. 写字楼物业管理的管理目标是（　　）。

A. 充分发挥写字楼的形象性作用

B. 收益部分使用率最大化

C. 物业资产保值率和升值率最大化

D. 物业所有人与使用人满意率最大化

【答案】　C

6. 写字楼物业管理的服务目标是（　　）。

A. 充分发挥写字楼的形象性作用

B. 收益部分使用率最大化

C. 物业资产保值率和升值率最大化

D. 物业所有人与使用人满意率最大化

【答案】　D

7. 写字楼物业管理的宏观目标是（　　）。

A. 充分发挥写字楼的形象性作用

B. 收益部分使用率最大化

C. 物业资产保值率和升值率最大化

D. 物业所有人与使用人满意率最大化

【答案】　A

8. 租售型写字楼的空间，根据是否取得直接受益为标准，可以划分为（　　）。

A. 直接收益部分和非直接收益部分　　B. 专用部分和收益部分

C. 专用部分和共用部分　　　　　　　D. 共用部分和非收益部分

【答案】　C

9. 写字楼物业管理的第一个常规目标是（　　）。

A. 收益部分使用率最大化　　　　　B. 物业资产保值率最大化

C. 物业资产增值率最大化　　　　　D. 物业诉有人与使用人满意率最大化

【答案】　A

10. 下列内容中，写字楼物业管理工作中的每一部分工作，都以其为中心的有（　　）。

A. 满足物业管理企业当期利润最大化　　B. 满足当前租户的需要

C. 满足业主任何目标　　　　　　　　　D. 吸引未来的新租户

E. 满足未来投资者购买成本最低

【答案】　BD

## 二、多项选择题

1. 写字楼物业管理的常规经营目标包括（　　）。

A. 充分发挥写字楼的形象性作用

B. 收益部分使用率最大化

C. 物业资产保值率和升值率最大化

D. 物业所有人与使用人满意率最大化

E. 实现写字楼物业管理各部门的岗位目标

【答案】　BCD

2. 普通租售型上午写字楼的有效使用率一般为（　　）。

A. 标准层有效使用率　　　　　　　　　B. 写字楼整体有效使用率

C. 出租面积有效使用率　　　　　　　　D. 销售面积有效使用率

E. 专用面积有效使用率

【答案】　AB

3. 以下属于写字楼物业租务市场管理内容的有（　　）。

A. 吸引和发现可能的租户　　　　　　　B. 对租户进行评估筛选并与其进行租约的谈判

C. 签订租赁合同　　　　　　　　　　　D. 租户履行租约义务的监督

E. 服务费管理、租金调整和续租谈判

【答案】　ABC

4. 以下属于写字楼物业租赁期间管理的有（　　）。

A. 吸引和发现可能的租户　　　　　　　B. 对租户进行评估筛选并与其进行租约的谈判

C. 制定有效的租金收取政策　　　　　　D. 租户履行租约义务的监督

E. 服务费管理、租金调整和续租谈判

【答案】　CDE

5. 以下关于写字楼物业工作策略的说法中，正确的有（　　）。

A. 分阶段提供物业管理服务，清除界定服务范围

B. 适当提供合同服务

C. 合理保证非收益部分的使用需要

D. 适时提供超值服务

E. 合理保证非收益部分的使用需要

【答案】　ACDE

6. 写字楼内最基本的行为包括（　　）。

A. 娱乐　　　　　　　　　　　　　　　B. 工作

C. 休息　　　　　　　　　　　　　　　D. 健身

E. 进餐

【答案】　BCE

### 三、综合分析题

1. 如果你准备接手一个写字楼物业。需要确定该写字楼物业的类型，那么你要方分析的因素并着重掌握的信息应该包括哪些？

【解析】

该写字楼的位置、交通方便性、声望或形象、建筑形式、大堂、电梯、走廊、写字楼内空间布置、为租户提供的服务质量和内容、建筑设备系统、物业管理水平、租户类型。

2. 如果你准备接手一个写字楼物业。你所服务的物业大厦准备申报全国物业管理示范大厦，你应该组织好哪些方面的内容？

【解析】

九个方面：基础管理、房屋管理与维修养护、公共用设备管理、公共用设施管理、保安及车辆管理部、环境卫生管理、绿地管理、精神文明建设和管理效益。

3. 如果你准备接手一个写字楼物业。你认为写字楼物业管理工作包括哪些相互联系又相互影响的方面？

【解析】

物业发展目标、物业管理目标、租户管理、租务市场管理、租赁期间管理、人事管理、建筑物管理、财务管理、经营状况评估。

# 第二节　写字楼租赁管理

**本节要点**

写字楼的租户选择需要考虑的主要准则；写字楼租金的计算基础、租金确定需要考虑的因素；基础租金和市场租金的概念及其相互关系；出租单元的面积规则；租金的调整；写字楼的租月的制定。

**复习题解**

### 一、单项选择题

1. 一宗写字楼物业的价值在某种程度上取决于（　　）。

A. 使用者的商业信誉　　　　　　　B. 投资者的商业信誉

C. 管理者的商业信誉　　　　　　　D. 监管者的商业信誉

【答案】　A

2. 写字楼租金的计算基础常常是（　　）。

A. 建筑面积　　　　　　　　　　　B. 使用面积

C. 可出租面积　　　　　　　　　　D. 出租面积

【答案】　C

3. 写字楼的市场租金水平主要取决于（　　）。

A. 国际写字楼市场的状况　　　　　B. 全国的写字楼市场状况

C. 同类城市的写字楼市场状况　　　D. 写字楼所在城市的写字楼市场状况

【答案】 D

4. 在写字楼市场比较立项的情况下，写字楼市场租金和基础租金之间的关系一般是（　　）。

A. 市场租金高于基础租金　　　　　　B. 市场租金低于基础租金

C. 市场租金等于基础租金　　　　　　D. 市场租金和基础租金的高低无法比较

【答案】 A

5. 如果毛租一定，代收代付费用越多，净租就（　　）。

A. 越高　　　　　B. 越低　　　　　C. 越和包租接近　　　　D. 越变化无常

【答案】 B

6. 在具体的租约中，最常见的代收代付费用项目包括（　　）。

A. 房产税　　　　B. 保险费　　　　C. 水电煤气使用费　D. 设备使用费

【答案】 C

## 二、多项选择题

1. 物业经营管理企业选择租户考虑潜在客户的主要准则包括（　　）。

A. 所经营业务的类型及其声誉

B. 财务稳定性和长期盈利的能力

C. 所需面积大小及其需要提供的特殊物业管理服务的内容

D. 员工数量和员工的收入水平

E. 银行基本账户所在银行及其银行借款负债情况

【答案】 ABC

2. 在考察是否具有合适的面积空间可以供寻租者使用时，常常要考虑的因素包括（　　）。

A. 可能面积的组合　　　　　　B. 寻租者经营业务的性质

C. 寻租者将来扩展办公室面积的计划　D. 寻租者注册资金的大小

E. 寻租者年龄和教育程度

【答案】 ABC

3. 出租单元内建筑面积包括（　　）。

A. 单元内使用面积

B. 外墙投影面积的一半

C. 单元与公用建筑空间之间的分隔墙水平投影面积的一半

D. 分摊公用建筑面积

E. 单元间分隔墙水平投影面积的一半

【答案】 ABCE

4. 在一定市场条件下，就具体的一宗写字楼的整体租金水平主要取决于（　　）。

A. 物业本身的状况　　　　　　B. 物业所处的位置

C. 物业的层高　　　　　　　　D. 物业的层数

E. 物业的业主观念

【答案】 AB

5. 除了标准化装修项目的费用外，其他装修费用的支付方式有（　　）。

A. 业主支付　　　　　　　　　B. 物业管理企业支付

C. 租户支付　　　　　　　　　D. 业主和租户分担

E. 业主支付后租户在租约期限内按月等额还本付息

【答案】　ACDE

6. 写字楼租金调整一半是基于（　　　）。

A. 消费者价格指数　　　　　　　　B. 商业零售价格指数

C. 通货膨胀指数　　　　　　　　　D. 工资指数

E. 租赁上双方商定的定期调整比率

【答案】　ABE

# 第三节　写字楼安全与风险管理

**本节要点**

写字楼安全管理的内容；写字楼工程安全、消防安全、治安安全的责任主体；应急预案；写字楼物业管理风险的特点、种类；写字楼物业保险。

**复习题解**

**一、单项选择题**

1. 日益称为现代化写字楼安全的首要问题的是（　　　）。

A. 消防安全　　　　B. 治安安全　　　　C. 工程安全　　　　D. 保密安全

【答案】　C

2. 风险管理的基础是（　　　）。

A. 风险识别　　　　B. 风险控制　　　　C. 风险转移　　　　D. 风险分析

【答案】　A

**二、多项选择题**

1. 主要负责写字楼物业治安安全的人员包括（　　　）。

A. 业主的保安部内保、外保人员　　B. 承租人的保安人员

C. 物业管理企业的内保人员　　　　D. 物业管理企业的外保人员

E. 停车管理人员

【答案】　CDE

2. 对写字楼交通线路的管理应遵循的原则包括（　　　）。

A. 分流原则　　　　　　　　　　　B. 层次原则

C. 简捷原则　　　　　　　　　　　D. 应急原则

E. 临时性原则

【答案】　ABC

3. 写字楼物业管理风险的特点包括（　　　）。

A. 全员性　　　　　　　　　　　　B. 全期性

C. 动态性　　　　　　　　　　　　D. 优化性

E. 一次性

【答案】　ABC

4. 写字楼物业管理风险除了包含工程隐患风险外，还包括的种类有（　　　）。

A. 设备运行风险　　　　　　　　　B. 消防防范风险

C. 保安防范风险　　　　　　　　　D. 自然灾害风险

E. 责任免除风险

【答案】　ABCD

5. 风险应对策略一般包括（　　　）。

A. 风险回避　　　　　　　　　　　B. 风险转移和风险减轻

C. 风险分析　　　　　　　　　　　D. 风险承担和风险分担

E. 应急措施

【答案】　ABDE

### 三、简答题

1. 针对写字楼物业工程安全的管理，需要从哪些方面入手？

【解析】

（1）全面建立确保"十供"的管理理念；

（2）制定全年度大、中、小修计划；

（3）编制《工程技术工作规程》；

（4）建立设备档案；建立设备状态月报。

2. 写字楼安全管理应急预案一般包括哪些方面的内容？

【解析】

供电中断应急预案；供水中断应急预案；燃气泄漏应急预案；"三电"信号中断应急预案、垂直运输事故应急预案、防火应急预案、防水应急预案、防盗应急预案、防毒应急预案、防爆应急预案、防疫应急预案、防震应急预案。

3. 写字楼物业风险应对计划应该包括哪些内容？

【解析】

已识别的风险及其风险特征描述；风险承受主体及相应的责任分配；定性和定量风险分析过程的结果；对某一具体风险经过分析接受的风险应对措施；风险策略实施后，预期的残余风险水平；用于执行选定的风险应对策略的具体行动计划；应对措施的预算和时间；意外事故应急计划和反馈计划。

## 第四节　写字楼物业管理企业的选择与评价

**本节要点**

写字楼物业管理企业的选择标准；写字楼物业管理工作的评价；写字楼物业经营管理的绩效评价指标。

**复习题解**

### 一、单项选择题

1. 写字楼物业经营管理绩效评价的第一项评价指标是（　　　）。

A. 服务满意度　　　B. 物业经济指标　　C. 物业品牌化　　　　D. 物业形象指标

【答案】 A

2. 写字楼在没有空置的情况下可能预示着物业的租金水平和市场租金的关系是（　　　）。

A. 市场租金高于物业租金　　　　　　B. 市场租金低于物业租金

C. 市场租金低于基础租金　　　　　　D. 市场租金高于基础租金

【答案】 A

## 二、多项选择题

1. 物业管理企业选择的标准通常包括（　　　）。

A. 能否令业主满意　　　　　　　　　B. 专业服务的水平

C. 向业主提供信息的能力　　　　　　D. 管理计划

E. 物业管理企业选择的目标收益水平

【答案】 ABCD

2. 写字楼物业经营管理的绩效评价，要与写字楼物业经营管理的目标体系相结合，可归纳出绩效评价的主要指标包括（　　　）。

A. 服务满意度　　　　　　　　　　　B. 物业经济指标

C. 物业品牌化　　　　　　　　　　　D. 物业建筑结构指标

E. 装修装饰标准

【答案】 ABC

3. 下列反映服务满意度指标中，属于感性服务的有（　　　）。

A. 服务效率　　　　　　　　　　　　B. 服务质量和服务态度

C. 服务制度　　　　　　　　　　　　D. 服务程序

E. 服务标准

【答案】 AB

4. 下列反映服务满意度指标中，属于理性服务的有（　　　）。

A. 服务效率　　　　　　　　　　　　B. 服务质量和服务态度

C. 服务制度　　　　　　　　　　　　D. 服务程序

E. 服务标准

【答案】 CDE

5. 以下属于反映写字楼物业租赁经营方面绩效的指标有（　　　）。

A. 出租率、租金拖欠和坏账情况　　　B. 租约续签、扩签、新签、退签

C. 租金价格水平和出租经营成本　　　D. 净租金收入占毛租金收入的比率

E. 写字楼物业投资收益率

【答案】 CDE

6. 以下属于反映写字楼物业管理方面绩效的指标有（　　　）。

A. 出租率、租金拖欠和坏账情况　　　B. 租约续签、扩签、新签、退签

C. 租金价格水平和出租经营成本　　　D. 净租金收入占毛租金收入的比率

E. 写字楼物业投资收益率

【答案】 AB

### 三、简答题

写字楼物业管理企业选择的评价工作应着重考虑哪些方面因素？

【解析】

物业管理工作的评价应着重从以下几个方面考虑：与租户有良好的沟通；及时收取租金；及时处理租户的投诉；达到了出租率目标；物业维修状况良好；经营费用没突破事先的预算；及时提供有关物业报告；为业主的利益主动提出建议；对业主的批评或建议反应迅速。

# 第十一章　零售商业物业经营管理

**考试要点**

本部分的考试目的是测试应考人员对零售商业物业及其分类、零售商业物业经营管理中的经济学原理、零售商业物业租赁管理、现场管理、风险与安全管理和零售商业物业管理实践的熟悉程度，以及对零售商业物业的经营管理能力和知识水平。

掌握：零售商业物业经营管理中的经济学原理，零售商业物业租户选择、租金确定与调整的特点。

熟悉：零售商业物业及其分类，零售商业物业管理的内容和类型，零售商业物业管理中租赁管理和现场管理的工作内容。

了解：零售商业物业管理中的风险与安全管理。

**重点内容**

1. 零售商业物业经营管理的主要工作内容
2. 策略与运行管理与现场管理的工作内容
3. 零售商业物业运作相关理论的具体应用
4. 租赁方案和租赁策略制定
5. 零售商业物业租户选择时应考虑的因素
6. 基础租金的确定
7. 百分比租金的测算方法
8. 净租形式出租的三种类别
9. 零售商业物业租约内容
10. 零售商业物业现场管理的目标
11. 零售商业物业管理中的风险类型

## 第一节　零售商业物业及其分类

**本节要点**

商业零售物业的概念和类别；零售商业物业经营管理的六个模块；零售商业物业经营管理的两个层次分类。

**复习题解**

**一、单项选择题**

1. 以下物业种类中的每个承租户的成功非常依赖，甚至取决于其他承租户的成功的是（　　）。

A. 公寓物业　　　　B. 写字楼物业　　　C. 零售商业物业　　　D. 工业物业

【答案】 C

2. 负责购物中心的公共区域维修基金统筹管理的是（　　）。

A. 承租户代表　　　　　　　　　　B. 购物中心业主

C. 物业管理企业　　　　　　　　　D. 承租户管理委员会

【答案】 B

## 二、多项选择题

1. 购物中心的物业管理师必须了解的零售技术包括（　　）。

A. 商品选择　　　　　　　　　　　B. 商品盘存

C. 橱窗陈设　　　　　　　　　　　D. 商品内部陈设

E. 价格确定

【答案】 ABCD

2. 零售商业物业的的经营管理工作主要包括的模块包括（　　）。

A. 招商及承租户组合　　　　　　　B. 零售技术和物业维护

C. 营销和财务管理　　　　　　　　D. 保险及风险管理

E. 策略与运行管理

【答案】 ABCD

3. 以下零售商业物业管理的工作中，属于策略与运行管理层次内容的有（　　）。

A. 市场需求分析和选址分析　　　　B. 经营业态和租户的选择及更替

C. 租金和租约的确定及调整　　　　D. 清洁卫生与日常管理和服务

E. 安全保卫和公共空间的维护

【答案】 ABC

4. 以下零售商业物业管理的工作中，属于现场管理层次内容的有（　　）。

A. 市场需求分析和选址分析　　　　B. 经营业态和租户的选择及更替

C. 租金和租约的确定及调整　　　　D. 清洁卫生与日常管理和服务

E. 安全保卫和公共空间的维护

【答案】 DE

# 第二节　零售商业物业经营管理中的经济学原理

**本节要点**

零售商业物业在选址和规划时主要应考虑的因素；零售商业物业运作相关理论集中的三个领域。

**复习题解**

## 一、单项选择题

1. 零售商业物业引入多种不同类型的零售店入住，其目的是为了满足消费者的（　　）。

A. 综合购物　　　　　　　　　　　B. 一站式购物

C. 无差别购物　　　　　　　　　　　D. 自选购物

【答案】　B

2. 能够解释不同种类零售店聚集在一起的原因的理论是（　　　）。

A. 中心地理论　　　　　　　　　　　B. 同类零售店聚集理论

C. 需求的外部效应理论　　　　　　　D. 级差地租理论

【答案】　A

3. 商业零售物业中产生的需求的外部效应的外部效应流是（　　　）。

A. 从主力店流向普通店的单向流动

B. 从普通店流向主力店的单向流动

C. 从主力店到普通店和普通店到主力店的双向流动

D. 既不是从主力店到普通店，也不是从普通店到主力店

【答案】　A

4. 能够在零售商业物业中得到很高的折扣优惠的零售店是（　　　）。

A. 普通店　　　　B. 主力店　　　　C. 一般店　　　　D. 高级店

【答案】　B

## 二、多项选择题

1. 零售商业物业在选址和规划时主要应考虑的因素包括（　　　）。

A. 市场容量　　　　　　　　　　　　B. 进出交通、地点显著

C. 零售商业物业规模　　　　　　　　D. 内部设施

E. 物业管理组织形式

【答案】　ABCD

2. 在商业零售物业的经营中，以下的策略可以选择的有（　　　）。

A. 租户组合应该专业化　　　　　　　B. 租户组合应该实现多样化

C. 引入主力店以带来大量客流　　　　D. 为普通店提供更多折扣，吸引租户

E. 空间安排实现互相促进效应

【答案】　BCE

# 第三节　零售商业物业的租赁管理

**本节要点**

零售商业物业租赁方案和租赁策略制定的目的；租户选择需要考虑的因素；既除租金、百分比租金的概念及其相互关系；代收代缴费用的概念、组成及其与净租约的关系；净租的形式；租金的调整；租约制定中的几个特殊问题。

**复习题解**

## 一、单项选择题

1. 制定租赁方案和租赁策略的目的是实现（　　　）的最大化。

A. 物业管理企业价值　　　　　　　　B. 物业收益

C. 物业管理企业收益            D. 租户收益

【答案】 B

2. 选择零售商业物业租户时首先要考虑的因素是（    ）。

A. 财务能力                  B. 声誉

C. 租户组合与未知分配        D. 租户需要的服务

【答案】 B

3. 业主获取的，与租户经营业绩不相关的一个最低的业主收入称为（    ）。

A. 标准租金                  B. 安全租金

C. 客观租金                  D. 基础租金

【答案】 D

4. 如果租户的基础租金是 20 万元，百分比租金的百分比为 10%，该租户的营业额为 360 万元，则此时该租户应缴纳的租金为（    ）万元。

A. 16            B. 20            C. 26            D. 36

【答案】 D

5. 如果租户的基础租金是 20 万元，百分比租金的百分比为 10%，该租户的营业额为 180 万元，则此时该租户应缴纳的租金为（    ）万元。

A. 18            B. 20            C. 26            D. 38

【答案】 B

6. 对于零售商业物业的主要租户，其租金的调整一般为每（    ）年调整一次。

A. 1            B. 3            C. 5            D. 7

【答案】 C

二、多项选择题

1. 净租的形式一般有（    ）。

A. 所有的经营费用都由业主从其收取的租金中全额支付

B. 租户仅按比例分摊与物业有关的税费

C. 租户要按比例分摊与物业有关的税费和保险费

D. 所有的经营费用都由租户直接支付，业主一般只负责建筑物结构部分的维修费用

E. 所有的经营费用都由物业管理企业承担

【答案】 BCD

# 第四节  零售商业物业的现场管理

**本节要点**

零售商业物业现场管理成功的因素及其相互关系；现场管理策略的内容；现场管理计划的内容；现场管理的基本范围和内容；需要与产权人或租户特别界定责任和义务的管理区域；现场管理的目标。

**复习题解**

**一、单项选择题**

零售商业物业的是否成功的影响因素的工作中，属于根本的是（    ）。

A. 策略 B. 计划 C. 费用 D. 流程

【答案】 C

【解析】 零售商业物业的现场管理是否成功，又多方面对俄影响因素。其中，正确的经营管理策略、有针对性地管理方案设计和精确的费用测算，是三个主要的方面。在这三个方面的工作中，策略是基础，计划是前提，费用是根本。

二、多项选择题

1. 完善的零售商业物业现场管理计划应当包括（ ）。

A. 机构设置和人员编制 B. 费用测算和依据

C. 服务内容和服务标准 D. 工作流程和规章制度

E. 经营策略和管理策略

【答案】 ABCD

2. 对于一个新建成的零售商业物业而言，费用包括（ ）。

A. 折旧费 B. 财务费用

C. 日常管理费用 D. 销售费用

E. 开办费用

【答案】 CE

3. 以下费用，属于零售商业物业管理企业日常管理费用的有（ ）。

A. 公共耗能费、设施维护费、绿化及清洁费

B. 工资及福利、安保费、办公费

C. 筹备期的工资和奖金、招聘费用、小型工具购置费

D. 成品保护费、工服制作费、必要的交通办公费

E. 保险费、管理酬金和不可预见费

【答案】 ABE

4. 以下属于零售商业物业管理企业开办费用的有（ ）。

A. 公共耗能费、设施维护费、绿化及清洁费

B. 工资及福利、安保费、办公费

C. 筹备期的工资和奖金、招聘费用、小型工具购置费

D. 成品保护费、工服制作费、必要的交通办公费

E. 保险费、管理酬金和不可预见费

【答案】 CD

5. 零售商业物业服务包含的特色服务内容的有（ ）。

A. 统一的收银服务及假钞管理

B. 室内广告效果及效益的处理

C. 商品进出店的核实登记

D. 大型促销活动的协调组织和后勤服务

E. 经营区域的保洁服务

【答案】 ABCD

【解析】 还有：商品投诉服务、室内广告布局及商品陈列服务、反扒工作、商品垃圾清运、统一开闭店及夜间殿堂巡视。

6. 客户投诉一般分为（    ）。

A. 来访投诉                    B. 匿名投诉

C. 电话投诉                    D. 广告投诉

E. 来信投诉

【答案】 ACE

### 三、简答题

1. 现场管理的基本范围和内容包括哪些？

【解析】

现场管理的范围和内容包括：①地下停车场，地面停车场，自行车棚；②员工食堂，员工休息室，淋浴室，更衣室，更衣柜，员工吸烟室；③工程设备机房，维修间，管道间，值班室，开水间；④大楼屋顶，大楼外立面，各楼层顶棚及公共区域照明；⑤各楼层走梯，公共通道，紧急疏散通道，应急照明；⑥消防监控室，警卫室，倒班宿舍，各公共区域消防栓、灭火器；⑦主要出入口，员工出入口，卸货平台，员工通道；⑧室外绿地，树木，园林小品，室内公共区域绿色租摆；⑨商品周转库；⑩商厦内客人、儿童休息区；⑪商厦内公共厕所；⑫物业管理用房；⑬公共区域广告。

2. 与产权人或租户特别界定责任与义务的管理区域有哪些？

【解析】

需要与产权人或租户特别界定责任与义务的管理区域有：①专用电梯的使用、维修和保养责任；②公共区域中单一租户使用的立柱的使用方式、时间和费用；③承租区域顶棚照明的更换责任及费用；④租户单独使用的库房、客人更衣室的消防安全和防盗责任；⑤租户经营产生的垃圾、包装物的清理；⑥租户的内部装修和改造的审批程序；⑦租户业务收银管理；⑧室外广告位的进入和更换；⑨租户二次装修的管理及限定条款（用电、防火、防盗、人身安全等）；⑩租户提供的商品的质量责任；⑪物业工程大系统与商业经营区域的接口划分（水、电、空调、燃气、照明的管理与计量）。

# 第五节  风险与安全管理

**本节要点**

零售商业物业管理的风险种类、特点；零售商业物业管理中的安全管理包括的种类。

**复习题解**

### 一、单项选择题

商业零售物业管理模式最稳妥的方式是（    ）。

A. 成立分公司                  B. 成立子公司

C. 组建管理中心                D. 组建项目部

【答案】 B

### 二、多项选择题

1. 零售商业物业管理的风险种类包括（    ）。

A. 管理模式风险　　　　　　　　　B. 产权与管理权相分离风险

C. 管理范围不确定风险　　　　　　D. 垫款风险和突发事件风险

E. 业主现金流风险

【答案】　ABCD

2. 零售商业物业管理中的安全管理，可以细分为（　　　）。

A. 防火安全　　　　　　　　　　　B. 治安防卫

C. 劳动安全　　　　　　　　　　　D. 媒体风险防范安全

E. 业主生命安全

【答案】　ABCD

# 第十二章 物业经营管理的未来发展

本部分的考试目的是测试应考人员对物业经营管理行业未来主要发展方向的熟悉程度，以及经营管理服务工作创新的能力。

熟悉：房地产组合投资管理工作内容，企业物业资产管理的作用，设施管理的主要工作内容，可持续发展与物业管理的关系。

了解：组合投资理论在房地产领域的应用进展，企业物业资产管理的工作内容，设施管理的国内外发展现状和未来发展方向，不良资产管理与不良物业资产管理的工作内容，信息技术在物业管理领域的应用现状与发展前景。

## 重点内容

1. 房地产组合投资管理的工作内容及其步骤
2. 企业物业资产管理的内容
3. 设施管理的内容及其涉及的主要问题
4. 不良物业资产的表现形式及其处置的目标
5. 不良物业资产管理内容与处置方式
6. 可持续发展的物业管理具备的要素
7. 物业管理信息系统构成、特征及作用

## 第一节 房地产组合投资管理

### 本节要点

组合投资管理的定义及其包含的三个要素；房地产组合投资管理的概念及其包含的主要工作；组合投资管理的内容；组合投资管理的步骤。

### 复习题解

**一、单项选择题**

1. 在组合投资管理的要素中，第一位的是（　　）。

A. 管理者　　　　B. 管理对象　　　C. 管理方法　　　D. 管理对策

【答案】 A

2. 通常组合投资管理的步骤是（　　）。

A. 制定投资方针和政策、投资分析、构建投资组合、投资组合绩效评估和投资组合的调整

B. 制定投资方针和政策、构建投资组合、投资组合的调整、投资分析和投资组合绩效评估

C. 制定投资方针和政策、投资分析、构建投资组合、投资组合的调整和投资组合绩效评估

D. 构建投资组合、制定投资方针和政策、投资组合的调整、投资组合绩效评估和投资分析

【答案】 D

3. 组合投资管理的第一步是（　　）。

A. 制定投资方针和政策　　　　　B. 投资分析

C. 构建投资组合　　　　　　　　D. 投资组合绩效评估

【答案】 A

## 二、多项选择题

1. 完整的组合投资管理内容包括（　　）。

A. 投资分析　　　　　　　　　　B. 投资决策与运作

C. 投资绩效评估　　　　　　　　D. 投资项目管理

E. 投资收益分配

【答案】 ABC

2. 以下属于组合投资管理中的投资分析的内容的有（　　）。

A. 投资选择　　　　　　　　　　B. 投资绩效评估

C. 宏观经济分析　　　　　　　　D. 行业分析

E. 准投资的物业分析

【答案】 CDE

3. 组合投资管理中的投资决策与运作的内容包括（　　）。

A. 微观经济分析　　　　　　　　B. 行业分析

C. 制定投资方针政策　　　　　　D. 投资选择

E. 投资绩效评估

【答案】 CD

# 第二节　大型企业物业资产管理

**本节要点**

企业物业资产的概念及其在企业资产负债表中的六类细目；企业物业资产管理的概念及其为企业带来增值的几个方面；大型企业物业资产管理的内容。

**复习题解**

## 一、单项选择题

1. 物业资产的价值体现在于（　　）。

A. 投资价值　　　　　　　　　　B. 对主营业务的贡献

C. 成本的价值　　　　　　　　　D. 销售利润

【答案】 B

2. 企业物业资产的经营效率取决于（　　）。

A. 物业的购置成本费用　　　　　B. 企业的发展战略

C. 基层管理者的操作水平　　　　D. 维修的标准和方法

【答案】 B

3. 一个编制完整的物业管理清单的过程，会使管理者的注意力集中到企业物业资产的（　　）中去。

A. 投资价值　　　B. 市场价值　　　C. 现金价值　　　D. 收益价值

【答案】 C

### 二、多项选择题

1. 在企业资产负债表中，物业资产包括的细目包括（　　）。

A. 建筑物、在建工程　　　　　B. 土地

C. 租赁费用、自然资源　　　　D. 其他物业、厂房和设备

E. 存货

【答案】 ABCD

2. 大型企业物业资产管理通常包括的内容有（　　）。

A. 编制企业物业资产清单、设定管理目标和控制成本

B. 合理配置物业使用用途，按期提取物业折旧费用

C. 适时处置资产并获得收入，建立合理的物业资产管理机构

D. 进行多样化的物业投资和结合企业主营业务选择物业占用形式

E. 明确物业管理师的责任，审慎选择物业资产管理顾问

【答案】 ACDE

### 三、简答题

如果你是企业物业资产管理的主管，你可以从你所负责的物业资产管理职能的哪些方面为企业带来增值？

【解析】

①经营和管理过程知识；②规模经济（获取产品和服务）；③使用和管理房地产及服务上的结盟；④稀有的专业技术知识的收集；⑤信息的机密性和可得到性；⑥正式和非正式网络；⑦风险共享；⑧行动和转变；⑨以竞争价格提供高质量服务；⑩战略规划、预期与创新。

# 第三节　设施管理

**本节要点**

设施管理的基本概念；设施经理与设施管理的主要内容。

**复习题解**

### 一、单项选择题

1. 物业设施管理等额服务对象是（　　）。

A. 人　　　　B. 物业　　　　C. 企业　　　　D. 政府

【答案】　A

2. 设施管理的职业性工作属于（　　）层次上的工作。

A. 操作层　　　　　　　　　　　　B. 战术层

C. 战略层　　　　　　　　　　　　D. 介于战术层和战略层之间

【答案】　C

【解析】　通常，设施经理的工作包括非职业性工作和职业性工作两大类。那些非职业性的工作是设施使用者最常见的、与其工作和生活息息相关的部分活动，如保安和清洁卫生等。而职业性工作则属战略层次上的工作，如决策物业区位、预测未来企业空间需求以及确定空间使用方式来潜在的提高企业竞争优势等。目前，国外的设施经理在监视设施运营状况的同时，其中心工作已经上升为战略层次上的管理，并在企业的整体业务发展方面起到了更大的作用。

3. 设备或系统从诞生至报废的整个期间所需要的费用总和，为（　　）。

A. 全费用　　　　B. 总费用　　　　C. 生命周期费用　　　D. 系统费用

【答案】　C

【解析】　生命周期成本（LCC）是指设备或系统从诞生至报废的整个期间所需要的费用总和。它往往数倍于设备购置费用。

**二、多项选择题**

1. 设施管理的目的是（　　）。

A. 保持物业超正常运转　　　　　　B. 节省维护成本，降低运营费用

C. 保持业务空间高品质的生活　　　D. 提高投资效益

E. 延长设备、设施的使用年限

【答案】　BCDE

【解析】　物业设施管理的目标是提高办公室工作效率和使建筑物保值增值。

2. 下列属于设施管理的职业性工作的有（　　）。

A. 保安　　　　　　　　　　　　　B. 清洁卫生

C. 决策物业区位　　　　　　　　　D. 预测企业未来空间需求

E. 确定空间使用方式

【答案】　CDE

3. 下列属于非职业性的设施管理工作有（　　）。

A. 保安　　　　　　　　　　　　　B. 清洁卫生

C. 决策物业区位　　　　　　　　　D. 预测企业未来空间需求

E. 确定空间使用方式

【答案】　AB

# 第四节　不良物业资产管理

**本节要点**

不良资产包括的内容；不良物业资产包括的内容；不良物业资产形成的原因；不良物业

资产处置的目标和原则；不良物业资产评估、处置。

**复习题解**

**一、单项选择题**

1. 不良物业资产形成的原始原因是（ ）。

A. 经济周期变化　　　　　　　　B. 房地产虚假泡沫

C. 银行货币资金运动的中断　　　D. 物业资产管理不善

【答案】 A

2. 不良物业资产形成的根本原因是（ ）。

A. 经济周期变化　　　　　　　　B. 房地产虚假泡沫

C. 银行货币资金运动的中断　　　D. 物业资产管理不善

【答案】 C

3. 我国处置不良物业资产的主要目标是（ ）。

A. 在较短的时间内收回债权　　　B. 培育资本市场

C. 最大限度地出售不良物业资产　D. 帮助企业进行战略性重组

【答案】 C

4. 由专业化公司处置不良物业资产时，其前提和基本依据是（ ）。

A. 交易条件　　　B. 处置时间　　　C. 房地产价格　　　D. 处置单位

【答案】 C

**二、多项选择题**

1. 不良资产包括的内容有（ ）。

A. 以应收账款形式表现的不良资产、以存货形式表现的不良资产

B. 以固定资产和在建工程形式表现的不良资产

C. 以短期投资、长期投资形式表现的不良资产

D. 以无形资产形式表现的不良资产

E. 以长期负债形式表现的不良资产

【答案】 ABCD

2. 以应收账款形式表现的不良资产包括（ ）

A. 逾期的应收账款　　　　　　　B. 呆滞的应收账款

C. 坏账、死账　　　　　　　　　D. 应收票据

E. 应付账款

【答案】 ABC

3. 下列属于不良物业资产的表现形式的有（ ）。

A. 房地产不良贷款

B. 金融机构直接投资房地产形成的不良资产

C. 其他不良信贷资产中的房地产抵押物

D. 其他单位委托处置的房地产不良资产

E. 收回的不良房地产贷款本息

【答案】 ABCD

4. 不良物业资产处置评估时可以采用的方法有（　　）。

A. 标准价法　　　　　　　　　　B. 市场法

C. 收益法　　　　　　　　　　　D. 成本法

E. 基准法

【答案】　BCD

5. 以下不良物业资产处置，需要经过债权转物权或股权的方法有（　　）。

A. 以资抵债　　　　　　　　　　B. 实施债权股

C. 法律诉讼或减让清收　　　　　D. 重组

E. 公开出售

【答案】　ABC

6. 以下属于企业重组的处置不良资产的方法有（　　）。

A. 债务置换　　　　　　　　　　B. 期限利率调整

C. 收购　　　　　　　　　　　　D. 兼并

E. 分拆

【答案】　CDE

7. 以下属于债务重组的处置不良资产的方法有（　　）。

A. 债务置换　　　　　　　　　　B. 期限利率调整

C. 收购　　　　　　　　　　　　D. 兼并

E. 分拆

【答案】　AB

# 第五节　可持续的物业管理

**本节要点**

可持续发展的基本概念；联合国环境与发展会议形成的《21 世纪宣言》对人类住区的新要求；可持续发展的物业管理融入的要素。

**复习题解**

## 一、单项选择题

1. 提出"可持续发展"思想的是（　　）。

A. 联合国教科文组织　　　　　　B. 世界环境与发展委员会

C. 世界银行　　　　　　　　　　D. 世界卫生组织

【答案】　B

2. 提出了对人类住区的新要求的《21 世纪宣言》的形成的是（　　）。

A. 联合国住区发展会议　　　　　B. 联合国世界环保大会

C. 联合行动会议　　　　　　　　D. 联合国环境与发展会议

【答案】　D

## 二、多项选择题

1. 我国编制的《中国 21 世纪议程——中国 21 世纪人口、环境与发展白皮书》提出的住房要求是（ ）。

A. 为所有人提供适当的住房 B. 为所有人提供舒适的住房

C. 完善人类住区功能 D. 完善人类住区的管理

E. 改善人类住区环境

【答案】 ACE

【解析】 完善人类住区的管理、为所有人提供舒适的住房为联合国环境与发展会议形成的《21世纪宣言》对人类住区的新要求。

## 第六节 新技术应用带来的变革

**本节要点**

物业管理信息系统的含义和特征；智能化小区的概念、特征和管理内容。

**复习题解**

**一、单项选择题**

物业管理信息系统是专用物业管理的一套（ ）。

A. 操作性管理制度体系 B. 事务处理软件

C. 档案管理信息制度 D. 内部运作流程

【答案】 B

**二、多项选择题**

1. 一个物业管理信息系统包括的特征有（ ）。

A. 功能覆盖物业管理的所有环节

B. 采用方便灵活的输入方法

C. 高效的查询与输出手段

D. 与其他软件有良好的兼容能力

E. 具有与外界不相容的独立运作系统

【答案】 ABCD

2. 智能化小区的物业管理主要包括的内容有（ ）。

A. 通信功能管理、安全技术防范 B. 楼宇设备及家电控制

C. 信息服务、康乐舒适功能 D. 社区服务功能

E. 自动设施设备修理、维护功能

【答案】 ABCD